붙잡지 않는 삶

붙잡지 않는 삶

A Life Without Clinging

엮은이 서문

Editor's Preface

저는 깨어남에 관해서라면 '단계'라는 단어보다 '입체적'이라는 표현을 쓰고 싶습니다.

깨어남은 일순간에 일어날 수도 있고,

시간이 필요할 수도 있고,

일순간 깨어도 에고로부터 완전히 벗어난 '끝'이 아니라

에고적 자아가 더 잘 보이는 '시작점'에 선 상태이기도 하며,

어느 날은 완전히 현존하지만,

또 어떤 날은 아메바 수준으로 깊이 하강하고,

'나'라는 허상의 몸에 배어 있던 습관과 기억, 감정은

어떤 것은 옅어지거나 사라지고,

어떤 것은 흘려보내고, 지우고,

비우는 과정으로 서서히 걷혀가고,

그러고 나면 또 다른 단면이 산더미처럼 혹은 먼지처럼

가볍거나 무겁게, 그러나 계속되기에 '입체'로 표현하고 싶습
니다.

일순간 깨어난 사람도, 처음부터 하나하나 배워가는 사람도
결국 존재로 깨어나면, 그 여정에 과정이 있었든 없었든, 얼마나
강렬했든 옅었든, 서로를 비교하거나 우위를 따질 것이 없다는
것을 알게 됩니다. 깨어남은 끝도 시작도 아닌, 그저 하나의 '현
상'일 뿐이란 걸요.

그래서 수행이 오래된 누군가에게 그에 걸맞은 어떤 수준의
행위를 요구할 필요도 없고, 수행을 오래 해왔음에도 여전히 부
족하다고 느껴지는 자신을 자책할 이유도 없습니다. 깨어나기
까지 오래 걸리기도 하고 상대적으로 빠르게 존재 의식이 깨어
나기도 하며, 어떤 사람은 톨레처럼 일순간에 깨어나는 경우도
있을 뿐이죠.

어떤 누구라도 그저 각기 다른 구체의 단면을 갖고 있다고 이해하면 좋을 거 같습니다. 나라는 존재를, 동그란 구체이면서 동시에 수천 개의 단면으로 이뤄진 입체적인 공에 비유해 보면 어떨까요? 각각의 성질을 모두 파악하기도 복잡한 모습을 한 구체로 말입니다. 동시에 안으로는 수천 겹, 꽁꽁 감싸고 있는 공처럼요. 이렇게요.

그 모든 단면과 겹은 제각각 요소와 특성이 달라서 어떤 면과 겹은 순식간에 중앙의 점(존재)에 바짝 다가서고, 또 어떤 면과 겹은 아무리 오래 아무리 깊이 수행해도 그 중앙으로 좀처럼 좁혀지지 않는다고 표현해 보면 어떨까요?

마치 커다란 애드벌룬 같은 구체의 중심에 볼펜으로 콕 찍어 놓은 점 하나가 있고 전혀 빠져나갈 수 없게 하려고 만들어진 것 같은 구체 안팎의 수천 개 단면과 겹들이 그 점을 향해 제각각의 요소로 각기 다른 기준과 조건 속에서, 서로 다른 물리적 시간이 적용되며 존재의 빛에 조금씩 혹은 갑자기 바짝 다가서는 중이라고요.

저는 존재가 깨어나는 상태에 어떤 정해진 순서가 있는 것 같지는 않습니다. 이쪽 끝에서 시작될 수도 있고 저쪽 끝에서 먼저 열릴 수도 있으며 때로는 여러 방향에서 동시에 일어나기도 하고, 전체 과정이 반복되거나 불규칙하게 일어날 수도 있다는 것만은 분명합니다. 내용도 속도도 결도 정도도 모두 다르지만 그 안에 깃든 '상태'는 본질적으로 모두 같습니다.

깨어나고자 노력하는 우리 모두의 수련은 언제나 그 열매를 맺습니다.

다만 좁은 문을 찾아 구원에 이르려는 마음으로 열렬하게 맹렬하게 찾고 실제 그렇게 될 수 있는 길을 찾아야 합니다.

그리고
이 책에 엮은이가 있는 이유

2020년 5월 15일, 저는 제주로 향하는 비행기 안에서 깊은 잠에 빠져들었습니다. 아주 잠깐 잤던 것 같은데 깨어난 순간만은 생생하게 기억납니다. 그때 눈을 뜨는 그 순간, 한 번도 들어본 적 없고 경험해본 적도 없는 지극한 고요 속에서 저는 깨어났습니다.

제가 좋아하는 표현으로 그건 '이 세상 것이 아닌 평화'였습니다. 그전까지 영성이나 명상 불교와는 전혀 접점이 없었기 때문에, 무슨 상황인지 도무지 이해할 수 없었습니다. 다만 모든 것이 너무도 선명해서 마치 처음 보는 색깔처럼 세상이 온통 진하게 보이고 주변 모든 소리가 전체적으로 들려서 그저 놀라고 있었을 뿐입니다.

그날 그 비행기를 탈 때 저는 지독하다고밖에 표현할 길 없는 오랜 내적 질문들에 완전히 압도된 상태였습니다. 언제부터인지 모를 오랜 시간 지독하게 찍어 누르는 감정과 풀리지 않은 모든 질문들, 끝나지 않는 삶의 어려움들에도 혀를 내두른 상태였습니다. 이제는 어떤 것도 더는 시도해 볼 길 없을 만큼, 그 모든 노력이 끝에 다다랐다고 느끼고 있었습니다.

다만 이 지독한 삶의 정점에서 올라 탄 비행기 안에서 제가 했던 단 한 가지 행동은 있었습니다. 지금에서야 비로소 표현할 수 있는 말로 하면 그것은 완전한 내적 항복, 완전한 내맡김이었습니다. 모든 것의 끝에서, 온 몸의 힘을 의자에 늘어놓은 채 속으로 이렇게 말했습니다.

'오라, 오라, 오라 고통아. 나를 다 할퀴고 내 살과 뼈를 모두 짓이겨라. 나는 두 팔을 더 활짝 벌리겠다. 그러니 걱정 말고 너 고통아, 내게 오라. 그리고 원하는 만큼, 마음껏, 자유롭게 상처를 내라. 내가 더 크게 팔을 벌려 줄 테니 원 없이, 원하는 만큼, 더더 할퀴고 가라. 모두 줄 것이니 걱정 말고 고통아 오라.'

이전까지는 이 정도의 완전한 항복을 해본 적이 없었습니다. 저는 그렇게 고통을 향해 수차례 진심으로 말했습니다. 그리고 정말 몇 번은 고통이 목젖 가까이까지 올라와 숨을 끊어놓을 듯한 압박감을 느꼈습니다. 한낮의 여유로운 시간이었지만 그 후 언제 잠들었는지도 모를 만큼 아주 까마득하고 깊은 잠에 빠졌던 것 같습니다. 그리고 깨어났을 때, 저는 더 이상 과거에 알던 '내가' 아니었습니다.

그 극심한 에고로부터의 이탈을 경험한 후 5년 동안, 여러 차례의 수행적 차원의 죽고 사는 체험과 과정을 반복했습니다. 다행히 깨어난 직후 저와 똑같은 체험을 통해 깨어난 에크하르트 톨레를 알게 되었고 그가 낸 책들을 수십 번씩 반복해 읽었습니다. 책 내용을 잘게 나눠 개인용으로 녹음하고 그 녹음들을 지금까지 약 3천 회 가까이 들었습니다.

지금은 남아 있는 에고의 나와 그 밖의 전체를 하나씩 비우고 흘려보내는 수련을 하고 있습니다. 또한 비워지고 사라진 그 자리에, 새로운 삶의 지혜가 피어날 수 있는 길을 쌓아가고 있습니다. 그리고 모든 인연과 모든 것과 모든 상황과 상태가 삶의 장면에서 스승이 돼주고 있습니다.

무엇보다 다행인 것은 지난 시간 높고 낮음, 흐림과 강렬함은 있어도 깨어난 이후로 '존재의 빛은 단 한 순간도 꺼진 적이 없었다.'는 점입니다.

저에게 이번 책 작업은 마치 이미 정해져 있던 자리에서 마땅히 받게 된 일처럼, 감사와 충만함 그 자체를 직접 보고 느끼는 축복의 과정이었습니다.

작업하면서 본문에 쉼표 표기를 많이 넣었습니다. 읽는 호흡을 끊기 위한 장치이며 강조를 위해 멈춤 사인을 드리고자 했습니다. 또한 영문 원고를 직접 읽을 수 있는 독자를 위해 본문에 함께 수록했습니다.

노련한 번역 실력과 탁월한 에디터라도 실제 깨어나 현존 안에서 작업할 수 없기에, 아무리 작은 단어 하나라도 그 의미를 정확히 가려 쓰는 데 한계가 있을 수밖에 없었다고 생각합니다.

실제 현존을 어렴풋이 묘사하는 적절한 문장으로 탈바꿈될 수밖에 없는 일이지요. 이해하고 또 잘 알고 있습니다.

 따라서 과감히 별도의 번역자 없이. AI의 단순 번역으로 의미를 확인하고 뜻에 벗어나지 않는, 그러나 분명한 메시지 형태로 실제 현존 상태에서 모두 작업했음을 독자께 밝힙니다. 책의 표지에서 밝힌 그대로 깨어 있는 존재가 쓴 글을, 깨어 있는 존재 의식 안에서 엮었습니다.

목차

제 1장. 자아와 분리된 진짜 '나'의 발견
나를 찾는 첫 시작

제 2장. 지금 이 순간을 사는 구체적 연습
현존은 어떻게 하나요?

제 3장. 마음을 따르지 않고, 마음을 지켜보는 자리로
마음을 어떻게 다뤄야하나요?

제 4장. 고통을 바라볼 용기 너머에, 마침내 삶이 펼쳐진다
고통은 왜 반복되나요?

제 5장. 고요히 바라보는 그 순간, 스스로를 드러내는 존재
깨어나면 뭐가 달라지나요?

제 6장. 한 걸음씩 나를 놓고, 빛으로 돌아가다
감정에 휘둘리지 않으려면 어떻게 해야 하나요?

제 7장. 관계, 존재를 깨우는 길
사랑했던 마음이 왜 변하나요?

제 8장. 아무것도 붙잡지 않을 때, 존재는 말없이 빛난다
진정한 평화는 어디에 있나요?

제 9장. 저항을 내려놓을 때, 삶은 자연스럽게 변하기 시작한다
내가 아직도 고통 속에 머무는 이유는 무엇인가요?

10장. 붙잡지 않는 삶, 그저 그렇게 살아지는 순간들
애쓰지 않아도 괜찮은 삶이 있을까요?

에크하르트 톨레의 서문

Eckhart Tolle's Preface

『지금 이 순간을 살아라』가 1997년 처음 세상에 나온 이후 그 영향력은 제가 처음 떠올렸던 범위를 넘어서 세계 집단의식에 깊은 울림을 일으켜 왔습니다. 지금까지 이 책은 33개 언어로 번역되었고 전 세계 독자로부터 "삶이 바뀌었다"는 편지를 지금도 날마다 받고 있습니다.

물론 에고의 광기는 여전히 사람들의 일상 속에서 모습을 드러내고 있습니다. 그럼에도 불구하고 저는 지금 이 순간 인류의 의식 속에서 완전히 새로운 어떤 현상이 일어나고 있음을 분명히 목격하고 있습니다.

그 어느 때보다 더 많은 사람들이 오랜 세월 인류를 고통에 가둬 왔던 집단적인 마음의 패턴에서 벗어나고자 진지하게 움직이고 있습니다. 새로운 의식 상태가 이제 우리 안에서 깨어나기 시작한 것입니다.

우리는 이미 충분히 많은 고통을 겪었습니다. 이제는 멈출 수 있습니다. 지금 이 순간, 더 이상 자신이나 타인에게 고통을 주지 않는 삶이 가능하다는 사실에 조용히 주의를 기울여 보십시오. 해방된 삶이 실현 가능한 지금 이 순간에 깃들어 있습니다.

많은 독자들이 제게 요청했습니다. 『The Power of Now』의 실천을 일상에서 좀 더 쉽게 활용할 수 있도록 간결한 형식으로 정리해 달라고요. 그 요청이 바로 이 책이 태어난 계기입니다.

이 책에는 실천을 위한 구체적인 연습과 방법들이 담겨 있으며 원작에서 발췌한 핵심 구절들도 함께 실려 있습니다. 이 구절들은 중요한 통찰을 상기시키고 그 원리를 삶 속에 통합할 수 있도록 돕는 실용적인 기초가 돼줄 것입니다.

또한 이 책은 '명상적 독서'를 위한 방식으로 구성되어 있습니다. 정보를 얻기 위한 독서가 아니라 지금 이 순간을 읽는 그 자리에 깊이 깨어 있는 것. 그것이 이 책의 진정한 목적입니다. 그래서 같은 구절이라도 읽을 때마다 다르게 다가올 수 있습니다.

　당신 안에는 본래부터 존재의식을 일깨울 힘이 있습니다. 그러니 이 책은 천천히, 여유롭게 읽는 것이 가장 좋습니다. 읽다가 잠시 멈추고, 조용히 생각하거나 내면의 고요함을 느껴보세요. 책을 아무 페이지나 펼쳐 몇 줄만 읽어도 충분합니다.
　하지만 언제나 기억해야 합니다. 책을 읽는 것보다 더 중요한 것은, 책을 덮고 조용히 머무는 그 시간입니다.

　이 책은 『The Power of Now』가 다소 어렵게 느껴졌던 분들에게 보다 친절한 입문서가 돼줄 것입니다.

-에크하르트 톨레-

대 자유의 시작은 내가, '생각하는 자'가

아니라는 것을 깨닫는 데서 비롯됩니다.

생각하는 '나'를 관찰하기 시작하는 순간,

언제나 그 자리에 존재해 있던 더 깊고 온전한

내면의 의식이 깨어나기 시작합니다.

A Life Without Clinging

그러면서 비로소 알게 됩니다.

생각과 마음이 멈춘 그 내면 깊숙한 곳에

광대한 지성이 존재하며,

생각은 그 지성의 일부분에 불과하다는 사실을.

아름다움, 사랑, 창의성, 기쁨, 자비, 지혜, 풍요로움,

그리고 내면의 평화처럼 삶에서 진정으로 중요하고

이로운 모든 것들은 생각과 마음 너머,

이미 완전하게 존재하고 있습니다.

그리고 자체가 곧 '나'(존재)라는 것을 깨닫게 됩니다.

이제 당신은 깨어나기 시작합니다.

A Life Without Clinging

자아와 분리된 진짜 '나'의 발견

Discovering the True 'Self' Beyond the Ego

나를 찾는 첫 시작

The First Step to Finding Myself

A Life Without Clinging

01

생각을 멈추지 않고도 생각에서 벗어나기

모든 생명체의 형상 너머에는 영원한 하나의 생명이 있습니다. 나는 그것을 존재(Being)라고 말합니다.

'존재'라는 단어는 어떤 형상으로 모습을 축소하지 않습니다. 존재는 어떤 이미지로도 그릴 수 없고 누구도 그것을 독점할 수 없어요. 왜냐하면 존재는 나의 현존 상태이기 때문입니다.

존재는 지금 내가 느끼는 '존재감'을 통해 즉시 연결될 수 있습니다. 따라서 존재라는 단어에서 '실제 존재'에 닿기까지는 단 한 걸음, 아니 한 찰나입니다.

존재는 모든 형태 너머에 있으며 가장 깊은 내면에서 보이지 않고 파괴될 수 없는 본질로 살아 있습니다. 그것은 몸, 생각, 마음, 기억, 경험 등으로 구성된 '나(에고, 거짓된 자아)'를 넘어서는 내면의 원초적인 자아이자 진정한 본성입니다.

하지만 그것을 마음으로 파악하려고 하지 마세요. 존재를 머리로 이해하려고 애쓰지 마십시오. 존재의 깨어남은 그런 방식으로는 찾아지지 않습니다. 이것이 깨어나려는 모든 사람의 딜레마입니다.

존재는 마음이 고요할 때에만 드러납니다. 침묵은 신의 언어이자 존재의 언어입니다. 지금 이 순간에 온전히 머물고 완전히 '지금'에 있을 때 존재는 자연스럽게 드러납니다. 그러나 마음과 생각으로는 결코 그것을 알아낼 수 없습니다. 존재를 인식하고 그 안에 머무는 것, 이것이 바로 깨달음입니다.

'깨달음'이라는 단어는 종종 초인적인 경지를 떠올리게 합니다. 에고는 그것을 멀고 특별한 이야기로 남겨두고 싶어 합니다.

하지만 깨달음이란 존재와 하나 되어 있는 감각, 그 자연스럽고 본래적인 상태일 뿐입니다. 그것은 측정할 수 없고 파괴되지 않으며 전체와 연결된 상태입니다. 역설적으로 '나'이면서도 동시에 나보다 훨씬 더 크고 깊은 무엇입니다.

이것은 이름과 형상, 눈에 보이는 모든 형태와 외형 너머에 있는 나의 진정한 본성입니다. 이 연결성을 알지 못하면 사람은 자신이 세상과 다른 존재들, 모든 사람과 따로 떨어진 분리된 객체라고 믿으며 전 생애를 살아가게 됩니다.

그렇게 되면 의식적으로든 무의식적으로든, 자신을 고립된 존재로 느끼게 됩니다. 두려움과 불안이 찾아오고 고독과 외로움, 번민, 잠시 스쳐가는 평화처럼 마음이 만들어내는 수많은 감정들 속에 휘말려 살게 됩니다. 그리고 갈등은 일상이 됩니다.

이 연결을 막는 가장 큰 장애물은 바로 마음과 생각입니다. 정확히 말하면 마음과 자신을 동일시하는 반복적인 생각입니다. 나는 생각이나 마음이 아니지만 끊임없이 생각하도록 조건화되어 있습니다. 생각은 멈출 틈도 없이 흘러가며 그 흐름에 빠져 있는 동안 사람은 자신을 잊고 살아갑니다.

생각을 멈출 수 없다는 것은 매우 고통스러운 일입니다. 그러나 거의 모든 사람이 그렇게 살아가기에 그 고통조차 어느새 '정상'처럼 여겨집니다. 끊임없이 떠오르는 생각은 존재와 연결된 내면의 고요함에 닿지 못하게 만들고, 두려움과 고통을 끊임없이 불러일으키는 익숙한 '나'를 계속해서 반복적으로 만들어 냅니다.

마음은 끊임없이 개념을 만들고 상황을 해석하며 이미지를 떠올리고, 단어를 붙이고, 판단하고, 분별합니다. 이렇게 모든 진실한 관계를 가로막습니다. 자신과 존재 사이를, 나와 다른 존재 사이를, 나와 자연 사이를, 나와 신 사이를 단절시킵니다.

이제 각각의 개별적인 형상 안에 담긴 중요한 진실은 가려집니다. 나는 모든 존재, 즉 보이는 것과 보이지 않는 것 전체와 본래 하나였다는 사실을 잊게 됩니다.

마음은 제대로 쓰이면 훌륭한 도구입니다. 그러나 잘못 작동할 경우 삶을 무너뜨릴 만큼 파괴적일 수 있습니다. 그런데 이때도 문제는 '내가' 마음을 잘못 쓰고 있다는 데 있는 게 아닙니다. 겉보기엔 내가 마음을 쓰는 것처럼 보이지만 실상은 마음이 '나'를 지배하고 있기 때문입니다. 바로 여기에 깊은 오해와 고통의 뿌리가 있습니다.

나는 마음을 '나'라고 믿습니다. 이것이 착각입니다. 사용하는 도구가 진짜 존재를 가려버린 것입니다. 누군가에게 지배당하면서도 그 진실을 모르고 '내가 스스로 결정하고 있다'고 착각하는 것과 같습니다.

자유는, 내가 '생각하는 실체'가 아니라는 자각에서 시작됩니다. 이 사실을 깊이 이해하게 되면 생각을 관찰할 수 있게 되고 그 지배에서 비로소 벗어날 수 있습니다. '생각하는 나'를 바라보는 그 순간부터 더 높은 차원의 진짜 나, 존재 의식이 서서히 깨어나기 시작하는 것입니다.

생각이 멈춘 고요한 내면 깊숙이, 광대한 지성이 본래부터 존재하고 있음을 깨닫게 됩니다. 그리고 그동안 내가 '나'라고 믿어온 생각은 그 지성이 사용하는 일부에 지나지 않았다는 것도 함께 보이기 시작합니다. 아름다움, 사랑, 창의성, 기쁨, 충만함, 내면의 평화처럼 삶에서 정말 중요한 것들은 모두 마음 너머에서 오며 그것은 애초부터 나 자신이었다는 것을요. 비로소 서서히 깨어나기 시작한 것입니다.

✦ *02*
멈추고 바라보는 연습 시작하기

좋은 소식이 있습니다. 내가 마음으로부터 해방될 수 있다는 것입니다. 이것이야말로 진정한 의미의 자유입니다. 그리고 그 첫걸음은 바로 지금, 이 순간 내디딜 수 있습니다.

우선, 머릿속에서 끝없이 떠오르는 생각들을 가만히 지켜보세요. 특히 오랜 시간 반복되어 온 익숙한 생각의 흐름들, 마치 낡은 녹음테이프가 자동으로 재생되듯 되풀이되는 그 패턴에 조용히 그러나 분명하게 주의를 기울여 보세요.

이것이 바로 '생각하는 자신을 지켜본다'는 뜻입니다.

머릿속에서 끊임없이 흘러나오는 내면의 목소리에 잠시 귀를 기울여 보세요. 곧 알게 될 것입니다. 그 목소리는 언제나 내 안에서 쉬지 않고 말을 걸고 있었다는 것을요.

이제 그 목소리를 따라가지 말고 조용히 지켜보는 존재로 그 자리에 머물러 보세요. 판단하지 말고 있는 그대로 들어보세요.
들리는 것을 비난하거나 분석하려 하지 마세요. 그렇게 반응하는 순간, 또 다른 목소리가 개입하면서 다시 생각 속으로 끌려가게 됩니다.

어느새 알게 될 거예요. 목소리가 있고, 여기서 그것을 듣고 지켜보고 있는 '나'가 있다는 것을요.

이것이 바로 현존, '존재'의 상태입니다. 단순한 자기 인식이나 사고가 아니라 마음을 초월한 자리에서 일어나는 실제 체험입니다.

생각을 바라볼 때 '생각'과 '지켜보는 나'가 함께 인식됩니다. 그 순간 새로운 의식의 차원이 열리기 시작합니다. 그 생각 너머에 있는 더 깊은 자아, 존재로서의 현존이 감지되기 시작하죠. 그러면 생각은 나를 더 이상 지배하지 못하고 조용히 사라지게 됩니다. 내가 그 생각을 따라가지 않고 지켜보고 있기 때문입니다.

이때가 바로, 깨어나기 시작한 순간입니다. 무의식적이고 강박적인 생각들이 '나'라는 존재를 붙잡고 괴롭히던 오랜 시간이 끝나기 시작합니다. 생각이 사라지면 마음속에 공간이 열리기 시작합니다. 처음엔 아주 짧게, 몇 초간만 열릴 수 있지만 점차 그 공간은 더 길고 넓어지게 됩니다. 그때 내면에서 고요함과 평화를 느끼게 될 것입니다. 그것은 마음에 가려져 있던 존재, 본래의 나와 하나 되는 순간입니다.

지금 나는 원래 있던 자리로 돌아가는 그 순간을 직접 경험하고 있는 것입니다. 이 경험을 거듭할수록 고요함과 평화는 더욱 깊어지고 그 깊이에는 끝이 없습니다.

저는 이 상태를 '이 세상 것이 아닌 지극한 평화'라고 부르고 싶습니다. 그것은 너무도 깊고 섬세해서 말로 다 표현할 수 없기에, 그저 '존재의 기쁨'이라고 할 수밖에 없습니다.

이 내면의 연결 상태에서는 오히려 의식이 더욱 또렷하고 분명해집니다. 나는 완전히 현존하게 됩니다. 시간의 흐름을 벗어난, 오직 지금 이 순간에 머물게 됩니다. 이 상태에서는 몸 전체에 생명력을 불어넣는 에너지도 한층 맑고 강해집니다.

깨어 있을수록 나는 순수한 의식, 곧 존재 그 자체의 상태에 머무르게 됩니다. 이 의식 상태는 어떤 특정한 단어나 개념으로는 온전히 담아낼 수 없습니다. 언어로 표현되는 순간 의미는 사람마다 다르게 해석되고 결국 또 다른 개념 속에 갇히게 되니까요.

다만 이렇게 말할 수는 있겠습니다. 나는 지금, 생생하게 살아있는 상태의 '나'를, 순수 의식을 느끼고 있다고요.

그 순간, 충만한 기쁨 속에 고요함이 함께 머뭅니다. 생각, 감정, 몸, 외적인 상황들은 이전보다 훨씬 덜 중요하게 느껴지기 시작합니다. 그러나 이것은 자기중심적으로 평화만을 추구하는 상태가 아닙니다. 오히려 내가 '나'라고 믿어왔던 형상의 외적 자아가 사라지고 그 자리에 기쁨과 평온, 자비와 지혜, 탁월함과 평화, 모든 이타적인 본성들이 본래의 모습으로 되살아나는 상태입니다.

이러한 현존 '있음'이야말로 본질적인 나이며 동시에 더 크고 위대한 전체의 일부로서 존재하는 나입니다. '생각하는 자를 지켜보는 것' 외에도 현존에 들어설 수 있는 좋은 방법이 있습니다. 법정 스님께서 "선이란 한 번에 한 가지 일을 하는 것"이라 말씀하셨듯, 지금 이 순간 단 하나의 행위에 온전히 집중하는 것입니다. 그렇게 하면 마음의 활동과 의식 사이에 분리가 일어나며 생각은 멈춰 있지만 의식은 오히려 예민하게 깨어 있는 공간이 열립니다. 그것이 바로 명상의 본질입니다.

일상을 살아가면서도 행동 하나하나에 완전한 주의를 기울이며 그 행위 자체가 목적이 되도록 하십시오. 집에서도, 직장에서도, 계단을 오르내릴 때마다 한 걸음 한 걸음에 집중해 보세요.

몸의 움직임과 호흡을 조용히 바라보며, 오직 지금, 이 순간에만 머무는 연습을 해보세요. 손을 씻을 때도 그 동작 하나하나와 모든 감각에 주의를 기울여 보세요. 물소리, 손에 닿는 감촉, 손의 움직임, 비누의 향기까지도 있는 그대로 느껴보세요.

자동차에 탈 때도 차 문을 열고 자리에 앉은 뒤 잠시 모든 행동을 멈추고 조용히 호흡을 느껴보세요. 들이쉬는 숨, 내쉬는 숨 하나하나에 주의를 기울여 보세요. 그 순간 고요하면서도 강렬한 현존이 깨어납니다.

내가 얼마나 잘 수행하고 있는지를 판단하는 기준은 단 하나입니다. 내 안에 얼마나 깊고 강한 평화를 느끼고 있는가? 바로 거기에 달려 있습니다.

깨달음을 향한 여정에서 가장 중요한 한 걸음은 '자신을 마음과 동일시하지 않는 법'을 배우는 것입니다. 마음과 생각에서 잠시라도 벗어나 그 사이에 틈, 즉 공간을 만들 때마다 존재로서의 의식은 점점 더 또렷해지고 강해집니다.

그러다 문득, 어느 날 깨닫게 될 것입니다. 머릿속에 떠오르는 목소리를 그냥 바라보며 가볍게 웃고 있는 자신을 발견하게 될 거예요. 마치 아이의 장난을 바라보며 웃듯이 말이죠. 이제는 더 이상 마음과 생각이 만들어낸 이야기들에 그렇게 심각하게 반응하지 않게 됩니다. 왜냐하면 나는 더 이상 그 생각들에 기대고 있지 않기 때문입니다.

03

마음을 도구처럼 사용하는 법 배우기

사람은 성장하면서 경험과 환경에 따라 '내가 누구인지'에 대한 마음의 이미지를 만들어갑니다. 그렇게 형성된 실체 없는 자아, 환영 같은 존재를 우리는 '에고'라고 부릅니다. 에고는 마음으로 이뤄져 있으며 끊임없이 떠오르는 생각을 통해 자신을 유지합니다.

물론 '에고'라는 말은 사람마다 다르게 이해될 수 있지만 여기서 말하는 에고는 마음과 나를 동일시하면서 형성된 '거짓된 자아'를 뜻합니다. 지금까지 내가 '나'라고 믿어왔던 존재, 바로 그 사람이 사실은 에고의 자아였던 것입니다. 실제로는 아무 실체도 없는 완벽한 허상이며 끊임없는 고통의 주된 원인이기도 합니다.

에고는 현재의 순간을 중요하게 여기지 않습니다. 그 관심은 언제나 과거와 미래에 머뭅니다. 겉으로는 지금을 살아가는 것처럼 보여도 실상은 과거에 쌓인 감정, 의견, 경험, 견해로 이뤄진 집합적인 허상을 통해 자신을 지속시킵니다.

몸은 지금 이 자리에 있지만 마음과 생각은 대부분 이곳에 없습니다. 나는 이 순간 여기에 있는데 내 마음은 자주 다른 시간과 장소를 헤매고 있는 것이죠.

에고는 언제나 과거에 집착합니다. 과거 없이는 '나는 누구인가?'라는 질문에 답할 수 없기 때문입니다. 에고에게는 지금 이 순간이 존재하지 않습니다. 현재 안에서는 어떤 정체성도 만들어낼 수 없기 때문에, 끊임없이 미래로 자신을 투영합니다. 해방이나 만족, 완성을 얻기 위해 언제나 지금이 아닌 '다음 순간'을 목표로 삼습니다.

에고는 이렇게 말하곤 합니다. "언젠가 이런 일과 저런 일이 일어나면, 그때쯤이면 괜찮아질 거야. 그때쯤이면 나도 행복하고 평화로울 수 있을 거야."

이렇게 겉으로는 현재를 중요하게 여기는 듯 보이지만 실제로는 과거의 관점으로 지금을 해석하고 왜곡합니다. 그래서 현재를 있는 그대로 인식하지 못하고 지금 이 순간을 미래의 목적을 이루기 위한 수단으로 축소시켜버립니다.

지금, 마음을 조용히 관찰해 보세요.
그 흐름이 어떻게 작동하는지 분명히 보일 것입니다.

지금 이 순간, 바로 여기에 자유의 열쇠가 있습니다. 하지만 자신이 곧 마음이라고, 마음과 자신을 하나로 여기는 한, 이 순간을 온전히 발견할 수 없습니다. 깨달음은 생각을 초월한 자리에서 찾아옵니다. 그러나 깨어 있는 이 상태에서도 언제든 필요할 때 마음을 사용할 수 있습니다. 이전보다 훨씬 더 집중적이고 효과적으로요.

이제는 멈추지 않던 머릿속의 소음과 망상에 휘둘리지 않습니다. 내면의 고요함을 바탕으로 실용적인 목적을 위해서만 마음을 선택적으로 쓰게 되는 것이죠.

생각을 선택적으로 쓸 수 있게 되면, 나는 생각과 존재 의식 사이를 자유롭게 오가게 됩니다. 무언가 창의적인 해결이 필요한 순간에는 오히려 생각에서 벗어나거나, 해결책이 자연스럽게 떠오르는 고요한 공간 속에 있게 됩니다.

이렇게 생각과 고요함 사이를 오가며 떠오른 것들은 진정한 창조의 힘을 지닙니다. 이때 비로소 생각은 제자리를 찾고 진정한 힘을 얻게 됩니다. 반면, 생각만으로 내린 결정들은 대개 개인의 지적 능력과 경험 안에서 한정적으로 이뤄지죠. 그러나 의식의 깊은 자리에서 비롯된 선택은 전체적인 조화와 연결된 더 깊은 차원의 결과를 이끌어냅니다.

그러한 선택은 때로 즉시 혹은 시간이 흐른 뒤에라도 축복과 번영, 평화와 온전함이라는 형태로 드러나게 됩니다.

04

감정을 몸의 감각으로 알아차리기

'마음'은 단지 생각만을 의미하지 않습니다. 단순한 감정부터 무의식적으로 반응하는 감정과 정신의 패턴까지 모두 포함됩니다. 감정은 마음과 몸이 만나는 지점에서 일어나는 현상입니다. 다시 말해 감정은 마음이 상황에 반응하는 방식이며, 마음의 상태가 몸을 통해 드러나는 표현이기도 합니다.

감정은 내가 무엇을 좋아하고 싫어하는지를 구분할수록, 그에 따라 해석하고 판단할수록 더 많은 에너지를 얻게 됩니다. 생각은 끊임없이 판단을 반복하면서 그 감정을 점점 강화시켜 나갑니다. 이 과정은 내가 의식하고 있든 그렇지 않든 상관없이 무의식 깊은 곳에서도 계속해서 작동합니다.

이러한 생각과 감정을 나 자신과 동일시하게 되면, 몸은 점점 더 큰 에너지의 부담을 떠안게 됩니다. 그리고 내가 그런 상태를 계속 유지하고 있다는 사실조차 인식하지 못할 때, 그 감정은 결국 몸의 증상이나 건강 문제로 드러나게 됩니다.

지금 내 감정을 직접 느끼고 싶다면 몸 안에 흐르는 에너지에 온전히 주의를 기울여 보세요. 발끝이나 발바닥, 혹은 신체의 어느 한 부위든 좋습니다. 그 안으로 의식을 천천히 집중하다 보면 몸 안을 흐르는 에너지의 감각이 느껴지기 시작할 것입니다.

그렇게 되면 감정을 느낄 수 있게 됩니다.
그것은 몸을 내면에서부터 느끼는 직접적인 체험이며,

감정과 연결되는 첫걸음입니다.

진심으로 자신의 마음을 알고 싶다면,

몸은 언제나 거짓 없이 진실을 말해줍니다.

몸 안에서 떠오르는 감정을 조용히 바라보세요. 더 정확히 말하면 몸 안쪽에서 느껴지는 그 감정을 있는 그대로 경험해 보는 것입니다.

만약 생각과 감정, 즉 몸에서 차오르는 느낌 사이에 충돌이 있다면, 그때는 감정이 진실이고 생각이 거짓입니다. 여기서 말하는 '진실'은 '내가 누구인가'에 대한 절대적인 진리가 아니라, 지금 이 순간 마음의 상태를 보여주는 상대적인 진실입니다.

생각만으로는 무의식적인 마음의 활동을 자각하기 어렵습니다. 하지만 몸을 통해 감정을 직접 들여다보는 일은 가능합니다. 감정을 지켜보는 행위는 기본적으로 생각을 지켜보는 것과 같은 방식입니다. 단지 차이가 있다면, 생각은 머릿속에서 일어나고 감정은 주로 몸 안에서 느껴진다는 점입니다.

이 연습을 통해 감정을 억누르거나 없애려 하지 않고, 그대로 두되 거기에 휘둘리지 않을 수 있습니다. 이제 나는 감정 그 자체가 아니라, 그 감정을 조용히 지켜보는 '관찰자'가 되는 것입니다.

스스로에게 자주 이렇게 물어보는 습관을 들여 보세요.
"지금 내 안에서 어떤 일이 일어나고 있는가?"
이 질문이 나를 올바른 방향으로 안내할 것입니다.
분석하려 들지 말고, 그저 조용히 지켜보세요.
의식을 내면으로 향하게 하고, 천천히 호흡해 보세요.
지금 내 감정 상태를 느껴보는 것입니다.

감정이 뚜렷하게 느껴지지 않는다면, 더 깊이 몸 안의 에너지에 집중해 보세요. 바로 그것이 존재로 들어가는 문입니다.

2장

지금 이 순간을 사는 구체적 연습

Practical Exercises for Living in the Now

현존은 어떻게 하나요?

How Do We Practice Presence?

A Life Without Clinging

05

생각 없이 존재하는 연습

우리가 느끼는 대부분의 두려움은 실제 눈앞의 위협 때문이 아니라 불안, 걱정, 초조함, 긴장, 공포 같은 심리적인 상태에서 비롯됩니다. 이 심리적 두려움은 대개 지금 이 순간이 아니라 '미래에 어쩌면 일어날지도 모르는 일'에 대한 반응입니다.

몸은 분명 이 자리에 있지만 마음은 미래에 가 있습니다. 바로 이것이 불안의 본질입니다. 내가 마음을 '나'와 동일시하는 순간, 나는 지금 이 순간의 단순함과 충만함 그리고 지금이 지닌 고유한 힘과 단절됩니다.

그리고, 그렇게 만들어진 불안은 형태만 바꾸며 평생 나를 따라다니게 됩니다. 미래는 실체가 없는, 마음이 만든 환영일 뿐이기에 나는 그 무엇도 제대로 다룰 수 없게 되죠.

나를 마음과 동일시하는 한, 에고는 결코 나를 가만두지 않을 것입니다. 삶의 모든 영역에 끊임없이 개입하며 나를 통제하려 하겠지요. 그러나 그 에고의 자아는 실체 없는 허상입니다. 아무리 정교하게 방어기제를 갖추고 있어도, 그 안은 언제나 불안하고 쉽게 상처받을 수밖에 없습니다.

에고는 삶의 거의 모든 국면에서 늘 위협을 느낍니다. 재정, 건강, 관계, 미래에 대한 막연한 불안… 겉으로 아무리 당당해 보여도 그 내면에는 두려움을 피하려는 방어만 있을 뿐입니다.

감정을 떠올려 보세요. 감정은 생각이 몸에 보내는 신호입니다. 그렇다면 에고, 즉 거짓된 자아가 계속해서 몸에 보내는 메시지는 무엇일까요?

"위험해. 나는 지금 위협받고 있어."

이 메시지가 만들어내는 감정은 당연히 '두려움'입니다.

이 두려움은 여러 형태로 가장되지만 그 뿌리는 하나입니다.

바로 '사라질지도 모른다'는 근본적인 불안.

거짓 자아, 즉 에고가 느끼는 소멸에 대한 공포입니다.

에고는 모든 상황 속에서 죽음을 느낍니다. 그래서 두려움은 삶 전반에 깊이 스며들고 판단과 반응, 행동을 지배하게 됩니다. 이를테면 누군가와 논쟁을 할 때 자신의 의견이 옳다고 끝까지 주장하는 태도도 그 한 예입니다. 겉으로는 논리적 주장처럼 보일 수 있지만, 사실은 에고가 자신의 '소멸'을 두려워하기 때문에 자신을 유지하려는 방어 반응일 뿐입니다.

어떤 입장을 자신과 동일시하게 되면, 그 입장이 틀리는 순간 나는 자아 전체가 위협받는 것처럼 느낍니다. 단순히 하나의 의견이 아니라, '내가 틀린 것'처럼 여겨지기 때문이죠. 그래서 생각이나 주장을 지키기 위해 공격하거나 방어하려는 태도를 반복하게 됩니다.

결국 에고로서의 나는 절대로 틀릴 수 없습니다. 왜냐하면 틀리는 건 곧 자아의 붕괴, 존재의 소멸로 느껴지기 때문입니다. 이런 두려움은 개인의 내면을 넘어서 사회 전체로 확장되기도 합니다. 전쟁이나 관계의 파탄 수많은 갈등과 폭력의 근본에는 바로 이 집단적인 에고가 있습니다. 모두가 옳아야 한다고 믿고 누구도 틀릴 수 없다고 여길 때 에고는 집단적으로 작동하며 파괴를 불러오게 됩니다.

하지만 자신을 마음과 동일시하지 않게 되면 '옳다, 그르다'는 것이 더 이상 중요하지 않아집니다. 그 순간 내가 반드시 옳아야 한다는 강박은 사라지고, 상대를 누르려 하던 내면의 폭력성 또한 사라지기 시작합니다. 그 자리에 남는 것은 더 부드럽고 투명한 나의 본래 성품입니다.

마음과 나를 동일시하지 않게 되면 나는 나의 생각을 분명하고 단호하게 표현하더라도 그 안에는 공격성도 방어도 없습니다. 왜냐하면 그때의 자아는 더 이상 마음에서 비롯되지 않기 때문입니다. 그 자아는 내면 깊은 곳, 진실한 자리에서 뿌리내리고

있으며, 그곳에서 나오는 말과 행동에는 부드럽지만 강한 힘이
자연스럽게 함께 흐르게 됩니다.

내면에 자리한 방어기제를 조용히 들여다보세요.
나는 지금 무엇을 지키려 하고 있는 걸까요?

그 대상은 대부분 과거의 경험과 기억으로 만들어진 실체 없
는 이미지, 허상에 불과합니다. 내가 그런 것들을 지키고 있다는
사실을 의식적으로 인식하게 되는 순간부터 그 이미지들과의
분리가 시작됩니다. 그것들은 의식의 빛 속에서 자연스럽고 빠
르게 사라지게 될 것입니다.

이것은 인간관계를 해치는 모든 논쟁과 권력 다툼의 종결입
니다. 누군가를 지배하려는 외적인 힘은 강해 보일 수 있지만 실
제로는 의식의 약함이 외적으로 위장된 모습일 뿐입니다. 진정
한 힘은 언제나 내면에 있습니다. 그리고 지금, 바로 그 힘을 사
용할 수 있습니다.

그저 바라보세요.

조용히 호흡해 보세요.

의식을 안으로 향하게 하세요.

몸 안을 흐르는 에너지와 침묵을 느껴보세요.

존재는 언제나 깨어날 준비를 하고 있습니다.

그 고요함은 신의 언어입니다.

잠시, 조용히 침묵해 보세요.

　마음은 언제나 지금 이 순간을 피하려고 합니다. 이 마음과 자신을 동일시할수록 고통은 커집니다. 고통을 회피하자는 것이 아닙니다. 하지만 실재하지 않는 허상으로 만들어진 고통을 굳이 계속 짊어지고 살아야 할 이유는 없지 않을까요?

　스스로 만들어내고, 던져놓은 그 쓰레기통 속에 들어가서 언제까지 고통받으며 살아야 하나요?

　지금 이 순간 벌어지고 있는 현실을 존중하고 받아들일수록 고통과 괴로움은 점차 시들어갑니다. 그 순간, 에고가 만들어낸 고통으로부터 마침내 자유로워지게 됩니다.

더 이상 자신에게도, 다른 사람에게도 고통을 주고 싶지 않다면, 내 안에 남은 과거의 고통에 새로운 고통을 쏟아붓고 싶지 않다면, 이제는 더 이상 '시간 속'에서 살지 마세요.

시간을 만들지 않는 법은 의외로 단순합니다. 지금, 이 순간이 내가 가진 전부라는 사실을 마음 깊이 깨닫는 것입니다. 이제는 삶의 중심을 시간의 흐름이 아닌 현재에 둬야 할 때입니다. 지금까지는 시간이라는 틀에 맞춰 살면서 가끔씩 현재에 집중해 왔다면, 이제는 그 반대로 살아야 합니다.

지금 이 순간을 삶의 중심에 두세요. 그리고 정말 필요한 순간에만, 잠시 과거나 미래를 돌아보면 됩니다. 지금 이 순간이 나를 부를 때마다 그 순간에 이렇게 대답해 보세요. "네." 하고요.

*06

일상 속 모든 움직임을 수행으로 바꾸다

핵심은 이것입니다. 시간과 마음은 본질적으로 연결되어 있다는 것. 시간을 없애는 순간, 마음의 움직임도 함께 멈추고 고요 속에 머물게 됩니다. 그리고 필요한 순간에만 시간을 도구처럼 꺼내어 사용하는 것이죠.

마음과 동일시된다는 것은 곧 시간의 덫에 갇혀 있다는 뜻입니다. 과거의 기억과 미래에 대한 기대 속에 거의 전적으로 의존해 살아가는 일종의 강박 상태입니다. 그렇게 되면 우리는 과거에 대한 집착, 미래에 대한 끊임없는 걱정 속에서 지금 이 순간을 존중하고 받아들이는 능력을 잃게 됩니다. 그런데 이 강박은 외부로부터 주어진 것이 아닙니다. 에고 스스로가 만들어낸 덫이에요.

에고는 어떤 형태로든 미래에 구원과 성공이 있을 것이라고 끊임없이 약속해 왔습니다. 하지만 그 모든 약속은 환상이며 환영일 뿐입니다.

이 말은 미래에 성공할 수 없거나 부유해질 수 없다는 뜻이 아닙니다. 다만 미래에 대한 에고적 강박이 사라질 때, 내면 깊이 깨어 있는 의식으로 삶의 매 순간을 더욱 선명하게 살아갈 수 있다는 뜻입니다. 그 깨어 있음은 단순한 영리함이나 집중력 그 이상입니다. 그것은 번영으로 흐르는 우주의 질서와 정확히 맞물려 작동하게 되며, 내 삶에 필요한 것들이 자연스럽고 조화롭게 이뤄지게 됩니다.

성공하지 못할까 봐, 더 많은 돈을 갖지 못할까 봐 걱정하지 마세요. 지금 이 순간에 완전히 깨어 있기만 하다면, 두려움을 안고 살아갈 이유 없이 결국 원하는 것들을 얻게 될 것입니다.

그래서 지금 이 순간은 무엇보다 소중합니다. 왜냐하면 지금 이야말로 내가 실제로 살고 있는 유일한 시간이기 때문입니다. 지금 이 순간만이 삶이 펼쳐지는 자리이며, 존재가 숨 쉬는 실재의 공간입니다. 삶은 오직 '지금'일 때만 존재합니다. 지금이 아니었던 순간은 한 번도 없었고 앞으로도 없을 것입니다.

또한 지금이 중요한 이유는 오직 이 순간에만 마음이 만들어 낸 제한된 틀을 넘어설 수 있기 때문입니다. 지금, 이 자리야말로 시간을 초월하고 형상을 벗어난 존재의 세계에 닿을 수 있는 유일한 지점입니다.

지금이 아닌 순간에 무언가를 경험한 적이 있었나요?

지금이 아닌 상태로 무언가를 느끼거나 행동한 적이 있었을까요? 앞으로 그런 일이 가능할까요?

답은 분명합니다.

언제나, 어디서나, 지금뿐입니다.

과거에는 어떤 일도 일어날 수 없습니다. 모든 일은 오직 지금, 이 순간에만 벌어질 수 있습니다. 과거의 기억조차도 그때의 '지금'에서 일어났던 일입니다. 그러므로 지금에는 과거가 없습니다. 과거는 과거 속에서 이미 사라졌고 지금 이 순간에는 존재하지 않기 때문입니다.

그렇다면 없는 것을 언제까지 붙잡고 고통받을 건가요?

그 고통을 정말 사랑하십니까?

그렇지 않다면 언젠가 꾸었던 꿈 같은 과거의 잔상들을 마치 실제인 것처럼 끌어안고 살아가지 마세요. 기억은 해마라는 뇌의 저장소에 남은 흔적일 뿐, 지금 일어나고 있는 현실이 아닙니다. 과거는 실재하지 않습니다. 지금만이 실재합니다.

미래 또한 마찬가지입니다.

그 안에서도 어떤 일도 실제로 일어날 수 없습니다.

미래의 일조차 결국은 지금 이 순간에만 일어날 수 있는 것입니다. 제가 말씀드리는 이 내용은 머리로만 이해하려 하면 어렵게 느껴질 수 있습니다. 그 어려움을 저도 압니다. 하지만 이 진실을 마음 깊이 받아들이는 순간 마음에서 존재로, 시간에서 현존으로 전환이 일어나게 됩니다.

그 전환이 일어나는 그 순간, 내면 깊은 생명력과 연결된 에너

지가 조용히 그러나 강력하게 드러나기 시작합니다. 그 에너지
는 언제나 내 안에 있었던 참된 존재의 본질입니다.

3장

마음을 따르지 않고,
마음을 지켜보는 자리로

Observing the Mind Without Following It

마음을 어떻게 다뤄야하나요?

How Should I Deal with My Thoughts?

A Life Without Clinging

07

지금에 머무는 자리 연습하기

　영원한 현존의 상태에 들어서면 지금까지와는 전혀 다른 차원의 '앎'이 열립니다. 그곳에서는 모든 창조물과 만물 속에 살아 있는 영혼의 기운이 감지되고 삶의 신성함과 신비로움을 파괴하지 않은 채, 오히려 모든 존재를 향한 깊은 사랑과 자연스러운 존경이 깨어납니다. 이 앎은 마음으로는 결코 이해할 수 없는 차원의 것입니다.

　이제는 지금 이 순간을 거부하려는 낡은 습관을 멈춰야 합니다. 머릿속을 맴도는 생각들, 마음속 어지러운 흐름 속에 머무는 오래된 패턴을 놓아주세요.

과거의 기억과 미래의 걱정에 조금씩 무관심해지는 연습을 해보세요. 그리고 일상 속에서 가능한 한 자주, 지금 이 순간 단 하나의 행동에만 온전히 머무는 연습을 해보시기 바랍니다.

마음이 이 순간에서 벗어나려는 오랜 습관을 조용히 지켜보세요. 곧 현재보다 더 나은 혹은 더 나쁜 미래를 상상하고 있는 자신을 발견하게 될 겁니다. 그 상상이 희망이든 불안이든, 둘 다 마음이 만든 환영이에요.

희망이든 걱정이든, 모두 그림자입니다.
마음이 만들어낸 허구일 뿐입니다.

자신을 관찰하기 시작하면, 조금씩 더 오래 현존할 수 있게 됩니다. '아, 지금 나는 이 순간에 있지 않구나.' 이걸 알아차리는 바로 그 순간, 이미 당신은 지금 여기에 존재하고 있는 것입니다. 마음을 바라보는 자리에 서게 되면, 더 이상 마음에 휘둘리지 않게 됩니다. 그제야 비로소 마음이 아닌 '관찰하는 존재'가 조용히 눈을 뜨기 시작하는 거예요.

지금 이 순간에 조용히 머무르세요.

마음의 관찰자가 되어 생각과 감정, 그리고 삶 속 수많은 상황들 앞에서 내가 어떻게 반응하고 있는지를 가만히 지켜보세요.

우리는 어떤 사건 자체에는 주의를 기울이면서도 그에 대한 '내 반응'에는 무심할 때가 많습니다. 이제는 바깥에서 일어나는 일만큼 그 일에 대한 내 반응도 같은 깊이로 바라보는 연습을 해보세요.

나는 얼마나 자주 과거나 미래 속을 떠돌며 살았는가?

그 흔적을 지켜보되, 판단하거나 자책하지 마세요.

분석하지도 말고 감정을 끌어들이지도 마세요.

그저 조용히 바라보는 것으로 충분합니다.

그러면 점차 생각과 감정을 넘어 마음의 뒤편에서 모든 것을 지켜보는 '무언가'를 느끼게 됩니다. 그 강력한 관찰자 그 고요한 존재. 바로 진짜 '나'입니다.

우리는 큰 감정적 자극을 받을 때 무의식적으로 반응합니다. 두려움이 밀려올 때, 일이 틀어졌을 때, 과거의 고통이 솟구칠 때, 자신을 방어하거나, 누군가를 비난하고, 상황을 통제하려 애쓰죠. 그렇게 감정이 나를 장악하고 결국 나는 그 감정 그 자체가 돼버립니다.

하지만 그것은 진짜 내가 아닙니다. 그저 생존하려는 마음의 자동 반응일 뿐이에요. 마음과 자신을 동일시할수록 에고는 더 강해지고, 심리적 시간은 더 많아지며, 나는 그 안에 갇히게 됩니다. 하지만 그 마음을 조용히 관찰하기 시작하는 순간, 영원한 현재의 차원이 열리기 시작합니다. 마음에서 흘러나온 에너지가 '현존의 힘'으로 바뀌게 되는 거죠.

한 번이라도 '지금에 있다'는 체험을 하게 되면 그다음부터는 훨씬 쉬워집니다. 더 자주 더 깊이 지금에 들어갈 수 있게 되고 시간이라는 환상에서 한 걸음씩 벗어나게 됩니다.

'지금 이 순간에 머문다'는 것은 물리적 시간을 거부하겠다는 뜻이 아닙니다. 오히려 그 시간은 훨씬 더 선명하고 효과적으로 사용됩니다. 불필요한 생각 없이, 무의식적인 감정 반응 없이, 지금 하고 있는 일에 몰입한다고 상상해 보세요. 일은 자연스럽게 잘 흘러가고 나의 집중력도 훨씬 높아질 것입니다. 그것이 바로 '현존의 힘'입니다.

깨어 있는 사람은 늘 지금 이 순간, 현존에 주의를 기울이며 살아갑니다. 그러면서도 필요할 때는 물리적 시간을 자연스럽게 사용하죠. 다만 차이는 이것입니다. 더는 심리적 시간에 휘둘리지 않는다는 것입니다. 늘 깨어서, 자신을 지켜보고, 지금을 떠나지 않으려는 자각이 삶의 바탕이 되는 것이죠.

인생이 바뀌는 전환점 체험하기

현실적인 차원에서 시간을 사용하는 일이 끝나면 즉시 지금 이 순간으로 돌아와야 합니다. 그렇게 해야만 강박적인 심리적 시간이 마음속에 쌓이지 않게 됩니다.

만약 다시 심리적 시간에 휘말리면 미래에 대한 불안과 기대에 집착하던 오래된 마음의 습관이 되살아나기 시작합니다. 그것은 끊임없이 미래를 상상하게 만들고 걱정과 불안을 끌어올리죠. 결국 이런 허상들이 존재의 평화와 기쁨에서 나를 점점 멀어지게 만듭니다.

목표를 세우고 앞으로 나아가는 과정에서는 물리적인 시계상의 시간을 당연히 사용하게 됩니다. 그러나 그 과정 속에서도 내가 지금 딛고 있는 발걸음에 온전히 집중해야 합니다. 눈앞에 펼쳐진 상황을 있는 그대로 받아들이고 마주한 사람과의 대화에 진심으로 함께해야 합니다.

더 나은 행복, 꼭 이뤄야 할 성취, 더 완전한 자아에 대한 집착이 커지기 시작하면, 현존은 금세 밀려나게 됩니다. 지금 이 순간은 미래로 가기 위한 수단이나 발판으로 전락하고, 여기에 깃든 완전하고도 충만한 본래의 가치는 조용히 사라져버립니다.

이처럼 시계상의 시간이 마음속에서 심리적 시간으로 바뀌게 되면 인생은 더 이상 살아 있는 여정이 아니라 '반드시 해내야만 하는' 강박적인 과업의 흐름으로 바뀌게 됩니다. 그러면 길가에 핀 꽃 하나를 바라보지 못하고 곁에 늘 함께 있던 삶의 아름다움과 기적도 인식하지 못하게 되는 거예요.

지금까지, 지금 여기보다 더 나은 어딘가로 가기 위해 끊임없이 애써오지 않았나요? 지금 이 상태를 그대로 받아들이기보다 항상 뭔가를 이뤄야 한다는 생각에 시달려오지 않았나요?

삶의 대부분이, 어떤 결과나 목표에 도달하기 위한 수단처럼 느껴지지 않았나요? 어느 정도 만족은 있었지만 어딘가 아직 채워지지 않은 공허함을 느낀 적은 없었나요?

성관계, 음식, 술, 감정의 강렬함, 사랑 같은 자극들 속에서 그 공허함을 채워보려 한 적은요?

언제나 무언가를 이루고, 얻고, 되기 위해 몰두해 왔는지도 모릅니다. 더 많이 가지면, 더 성공하면, 마침내 만족스럽고 가치 있는 존재가 될 수 있다고 믿지는 않았나요?

그 모든 것이 이뤄지고 나면, 마침내 심리적으로 완전해질 수 있다고 생각하지는 않았나요? 혹시 지금도 내 삶에 진짜 의미를 가져다줄 누군가를 기다리고 있는 건 아닌가요?

이제, 지금에 머무르십시오.
지금 이 순간, 바로 여기에 있으십시오.

마음에 사로잡혀 있는 동안에는 '지금'에 내재된 강력한 힘과 창조성이 철저히 가려집니다. 그 결과 삶은, 기적과 활기, 행복과 만족, 감사와 경이로움이라는 본래의 빛을 잃게 되죠. 오래된 생각과 감정, 익숙한 반응과 욕망의 반복 속에서 끝없이 떠돌게 됩니다.

그렇게 살다 보면 감정의 오르내림과 생각의 변화 속에서 점점 자기를 잃고 내면은 우울과 혼란, 그리고 자극에 대한 갈망으로 흔들리게 됩니다. 이런 마음의 상태는 '나'라는 형상을 만들어내지만 그것은 현실을 있는 그대로 보여주지 못하고 오히려 왜곡합니다. 결국 마음이 만들어낸 각본대로 살아가게 되고 그 각본은 진짜 삶을 가로막는 가장 큰 장애물이 됩니다.

  마음은 각본을 통해 고정된 정체성을 만들어내지만 그 자아는 현실을 숨기고 왜곡합니다. 지금에 만족하지 못하는 마음은 이 자리에서 벗어나려 하고, 미래에 집착하게 만듭니다.

  그러나 그 미래란, 결국 지금의 의식 상태가 만들어내는 환영일 뿐입니다. 의식이 바뀌면 내가 바라보는 미래도 바뀝니다. 더 나아가 미래에 대한 상상이나 걱정은 점점 줄어들고, 삶은 점점 더 지금 이 순간 안에서 본모습을 드러내게 됩니다.

  만약 마음이 과거의 무게를 여전히 짊어지고 있다면 앞으로도 같은 경험을 반복할 가능성이 매우 큽니다. 과거의 기억과 감정은 현재를 흐리게 만들고, 그 흐려진 시선을 통해 다시 비슷한 현실을 만들어냅니다. 반복될수록 고통은 더욱 커지고 더 오래 이어지며 내면 깊숙한 곳까지 뿌리를 내려 나를 휘감기 시작합니다. 지금에 머물지 않는 한, 그 고통은 형태만 바꿔가며 평생 나를 따라다닐 것입니다.

결국 지금 이 순간의 의식이 미래를 결정합니다.

그러나 그 미래조차도, 실질적으로는 오직 '지금'이라는 순간 안에서만 경험할 수 있습니다. 미래는 결국 '현재'로 도래합니다. 삶은 단 한 번도 지금 이 순간 밖에서 존재한 적이 없습니다.

그렇다면 이렇게 물어야 할 것입니다.

지금 이 순간의 의식의 질이 미래를 결정한다면

그 의식의 질은 무엇에 의해 결정되는가?

그것은 내가 지금 이 순간에 얼마나 깊이 존재하고 있는가에 달려 있습니다. 바로 그 자리에서 의식의 질이 정해지고 삶의 방향이 정해지며 진정한 변화가 일어나게 됩니다.

과거를 벗어날 수 있는 유일한 장소, 새로운 미래를 맞이할 수 있는 유일한 지점 그것이 바로 지금 이 순간입니다. 물론 '시간이 모든 고통과 문제의 근원이다'라는 말은 처음엔 쉽게 받아들여지지 않을 수 있습니다. 지금까지 우리는 삶의 문제들이 언제나 어떤 외부 상황 때문에 생긴 것이라고 믿어왔으니까요.

분명 그런 상황들은 있었고 그로 인해 고통이나 갈등이 생겨났던 것도 사실입니다. 하지만 더 깊은 차원에서 보면 고통의 진짜 원인은 과거나 미래에 대한 집착, 그리고 지금 이 순간을 거부하는 마음의 기능 장애에 있습니다. 이 내면의 패턴을 바라보지 않는 한, 겉으로 드러나는 문제는 결코 사라지지 않습니다. 단지 다른 형태로, 다른 얼굴로 반복될 뿐입니다.

설령 오늘 겪고 있는 모든 고통과 문제 그리고 불행의 원인이 기적처럼 사라진다 해도 의식이 깨어 있지 않다면, 비슷한 고통과 문제는 또다시 쌓이고 다시 생겨날 것입니다. 마치 어디든 따라붙는 그림자처럼요. 겉모습만 달라질 뿐, 본질은 되풀이됩니다.

궁극적으로 문제는 단 하나입니다.
그것은 시간에 묶인 마음 그 자체입니다.
시간 속에는 구원이 없습니다.

시간이 흐른다고 해서 미래가 온다고 해서

삶이 자유로워지지 않습니다.

현존만이 진정한 자유의 열쇠입니다.

지금만이 유일한 현실이며 삶이 펼쳐지는 자리입니다. 그러

므로 자유는 오직 지금, 이 순간 안에서만 경험될 수 있습니

다. 바로 이 순간 안에서만, 진짜로 존재하고, 진짜로 자유로

울 수 있습니다.

09

의식이 깨어나는 순간 알아차리기

여기서 말하는 '삶'은 정확히 말하면 '삶의 상황'을 뜻합니다.

그리고 대부분의 삶의 상황은 심리적 시간 속, 즉 과거와 미래의

이야기로 채워져 있습니다.

과거에 뜻대로 되지 않았던 경험은 여전히 내 안에서 저항과

거부의 감정으로 남아 있고, 동시에 더 나은 미래를 향해 나아가려는 희망 또한 품고 있을 거예요. 하지만 그 희망 역시 결국은 미래를 향한 몰입으로 이어지게 됩니다.

꿈, 희망, 목표라는 이름 아래 미래에 집중하다 보면 지금 이 순간은 늘 미완성된 상태처럼 느껴집니다. 지금은 그저 벗어나야 할 하나의 '과정'일 뿐이고, 그런 인식이 반복되면 삶은 끊임없이 현재를 부정하게 됩니다. 그리고 그 부정이 또 다른 형태의 고통과 불행을 만들어냅니다.

잠시만이라도 '삶의 상황'을 내려놓고 삶 그 자체에 집중해 보세요.
삶의 상황은 시간 속에 존재합니다.
과거와 미래라는 심리적 흐름 안에 머물러 있으며,
마음이 만들어낸 이야기일 뿐입니다.
하지만 진짜 삶은 지금 이 순간에만 실제합니다.
삶의 상황은 마음의 것이지만,
삶 그 자체는 존재로부터 흘러나옵니다.

'삶을 사는 좁은 문'을 찾아야 합니다.

그 문은 바로 '지금, 이 순간'입니다.

삶을 이 순간으로 좁히십시오.

삶의 상황에는 언제나 문제가 있습니다.

모든 사람의 삶이 그렇습니다.

하지만 묻겠습니다.

지금, 이 순간에 무슨 문제가 있습니까?

10분 후나 내일, 앞으로 몇 년 뒤가 아니라 바로 지금 이 순간에 실제로 어떤 문제가 있습니까? 어떤 문제에 깊이 빠져 있을 때는 새로운 것이 들어올 여지를 잃어버리게 됩니다. 아무리 이로운 해결책이라도 그때는 눈에 들어오지 않아요.

가능한 한 자주 마음에 틈을 주세요. 그리고 지금 이 순간 안에서 작은 여유를 느껴보세요. 그 틈이 생기는 순간, 상황 너머에 존재하는 진짜 삶이 드러나고 모든 것을 넘어서는 방식의 해결이 자연스럽게 일어나게 됩니다.

모든 감각을 깨어 있게 하세요. 지금 이 자리, 이 순간에 의식을 두세요. 주변을 천천히 둘러보고 그저 바라보며 느껴보는 겁니다. 판단하지 말고, 해석하려 하지 마세요.

빛과 모양, 색과 질감을 있는 그대로 바라보세요. 지금 눈앞에 있는 모든 사물이 지닌 고요한 존재감을 느껴보세요. 건물, 전봇대, 돌멩이 같은 평범한 것들조차도 깊고, 잴 수 없는 고요함 안에 머물고 있습니다.

모든 것이 존재할 수 있도록 허락된 이 세상,
우주 전체를 감싸고 있는 공간을 느껴보세요.
주변의 소리를 들으세요.
그 소리 자체를 판단하지 말고,
그 아래 깔린 고요한 침묵에 귀 기울여 보세요.
무언가를 손으로 조용히 만져보며 그 존재감을 느껴보세요.
호흡의 리듬을 지켜보고 공기가 들고 나는 감각에 집중해 보세요.
내 몸 안에서 살아 움직이는 생명의 에너지를 느껴보세요.
내면과 바깥에서 일어나는 모든 것을 그대로 두세요.

바꾸려 하지 말고 조용히 받아들이세요. 그 모든 것을 '있는 그 대로' 두는 순간, 지금 이 순간 안으로 더 깊이 들어가게 됩니다.

생각 속에 갇혀 만들어졌던 무가치한 가짜 세계가 서서히 사라 지고 있습니다. 나의 생명 에너지를 빼앗고 지구를 병들게 했던 끝없는 갈망과 소진의 삶에서 이제는 벗어나고 있는 것입니다. 시 간이라는 꿈에서 깨어나 마침내 지금, 이 순간에 눈을 뜨고 있는 것입니다.

10

자동 반응을 멈추고 고요히 머무르기

지금, 이 순간에 어떤 문제가 있습니까?
아마 대답하지 못할지도 모릅니다.

왜냐하면 진짜로 지금에 집중하고 있는 동안에는 문제가 존 재할 수 없기 때문입니다. 문제라는 것은 실상 '상황'일 뿐이고 그 상황 앞에서 내가 할 수 있는 일은 단 두 가지입니다. 받아들이거나, 해결하거나. 단순합니다.

그렇다면 도대체 문제는 왜 그렇게 자주 생기는 걸까요?

놀라운 사실은 마음이 무의식적으로 문제를 만들어내기를 좋아한다는 점입니다. 아니, 정확히 말하면 마음은 끊임없이 문제를 만들어냅니다. 왜냐하면 바로 그것이 에고에게 하나의 정체성을 부여해 주기 때문입니다. 문제는 에고가 자신의 존재감을 유지하는 방식이에요.

겉으로 보기엔, 대부분의 사람에게서 나타나는 '정상적인' 마음의 패턴처럼 보일 수 있습니다. 하지만 실은, 제정신이 아닌 상태에 가깝습니다. 지금 당장 행동할 의지도 없고 그럴 여건도 아닌 상태에서 그저 머릿속으로만 문제를 반복해서 붙잡고 되새기는 것. 그것이 바로 내가 '문제'라고 부르고 있는 생각의 실체입니다.

이처럼 상상의 상황에 압도되면 내 안에 본래부터 존재하던 온전한 '나', 존재의 본질을 잃게 됩니다. 지금 이 순간, 실제로 내가 할 수 있는 단 하나의 일에 집중하기보다는 앞으로 해야 할지도 모른다는 수많은 가능성을 머릿속에서 끝없이 만들어내고, 상상하고, 반복하게 되는 거죠. 마치 끝나지 않을 드라마의 작가가 된 것처럼요.

문제를 만들어내는 순간, 고통도 함께 따라오게 됩니다. 하지만 실제로 필요한 건 몇 가지 단순한 선택과 그에 따른 분명한 몇 가지 결정일 뿐입니다.

그러니 지금 결단하십시오.

더 이상 스스로 고통을 만들어내지 않겠다고, 이제는 문제를 만들어내는 방식의 삶에서 벗어나겠다고 선택하세요. 단순한 선택처럼 보이지만, 삶 전체의 방향을 바꾸는 아주 근본적인 결정입니다.

물론 대부분의 사람은 고통이 한계에 다다라 숨이 막힐 정도가 되기 전까지는 이런 결정을 내리지 않습니다.

"이제 정말 지긋지긋하다. 더는 못 참겠다."
그 순간이 오기 전까진 바꾸지 않죠.

그리고 그렇게 큰 결심을 한다 해도 지금 이 순간에 깨어 있지 않다면 그 결심은 그냥 마음속 말에 머물고 말 것입니다. 실현되지 않아요. 그러나 정말로 지금 여기에 현존하면 스스로에게 고통을 만들어내지 않게 되고 자연스럽게 다른 사람에게도 고통을 주지 않게 됩니다.

문제를 만들어내는 생각과 감정에서 벗어나는 순간 이 아름다운 지구도, 내면의 신성한 공간도, 우리가 함께 연결된 집단의식도 더 이상 오염되지 않습니다. 나 한 사람의 의식이 지금에 머무는 것만으로도 존재 전체에 맑은 울림이 번져 나갑니다.

만약 지금 즉시 해결이 필요한 급박한 상황에 놓였다고 해도 의식이 지금 여기에 머물러 있다면 그 자리에서 정확하고, 분명하며, 가장 이롭고도 명확한 결정을 내릴 수 있습니다. 그것은 마음이 자동적으로 반응해서 움직이는 행동이 아닙니다. 의식이 지금 이 순간을 직접 보고, 느끼고, 대면한 후 가장 적절한 방식으로 대응하는 것입니다.

마음이 반응하려고 할 때 잠시 침묵하고, 멈춰 서서, 지금 이 순간에 머물러 보세요. 그 짧은 멈춤이 더 효과적인 방향과 더 나은 결과로 나를 이끌게 될 것입니다.

지금에 머무는 힘이 평화를 만든다

내가 지금 심리적 시간 속에 살고 있는지를 알고 싶다면 스스로에게 이렇게 물어보세요.

'지금 내가 하고 있는 이 일에서 기쁨, 편안함, 여유로움을 느끼고 있는가?' 만약 대답이 '아니오'라면 시간이라는 관념이 이미 현재의 순간을 가리고 있으며, 삶이 무언가에 의해 장악되고 있다는 신호입니다. 지금의 삶이 무겁고 지치며 견뎌내야 할 고

난처럼 느껴진다면 이미 지금 이 순간과 멀어진 상태에 있는 것입니다.

그러나 이것은 '지금 하고 있는 일을 바꿔야 한다'는 뜻이 아닙니다. 바꿔야 할 것은 '무엇을 하는가'가 아니라 '어떻게 하고 있는가'입니다. 지금 이 일을 대하는 방식, 그 의식의 상태를 바꾸는 것만으로도 삶은 완전히 달라질 수 있습니다. 일의 결과보다 언제나 더 중요한 것은 지금 이 순간, '내가 그 일과 어떻게 함께하고 있는가?'입니다. 지금 내가 하고 있는 행위에 진심으로 관심을 기울이고 있는지, 그 일에 온전히 집중하고 있는지를 살펴보세요. 그것은 곧 현재를 있는 그대로 받아들이고 있다는 뜻입니다. 내면 깊숙한 곳에서 저항하고 있다면 결코 그 일에 집중할 수 없습니다.

그러니 결과에 대한 걱정은 내려놓으십시오.
지금 하고 있는 행위 그 자체에 집중하세요.
그러면 결과는 자연스럽게 따라오게 됩니다.
이것은 단순한 삶의 기술이 아니라 강력한 영적 수행입니다.

지금 이 순간, 지금 이 일, 지금 이 사람, 지금 이 상황에서 벗어나려는 강박적인 충동을 멈추는 순간, 존재의 기쁨이 모든 일속에 스며들기 시작합니다. 지금에 머물면, 그 안에서 자연스럽게 현존이 깨어납니다. 그리고 그 현존 속에서 비로소 내면의 고요함과 진정한 평화를 경험하게 됩니다.

이때부터는 더 이상 미래의 성취나 만족에 삶의 의미를 의탁하지 않게 됩니다. 미래에서 무언가를 구하려 하지 않고 지금 이자리에 머무는 것만으로도 충분하다는 것을 알게 됩니다. 그 순간부터 성공도 실패도 내면의 평화를 흔들 수 없습니다. 내 안의상태는 바깥의 조건에 휘둘리지 않고 더 깊고 단단해집니다. 이제삶의 '상황'을 넘어서 있는, 진짜 삶을 발견한 것입니다.

심리적 시간에서 벗어나면 과거는 더 이상 나를 괴롭히지 못합니다. 지금 이 순간, 존재에 뿌리를 내리고 있기 때문입니다. 이 자리에 머무는 한, 더 나은 '나 아닌 무엇'이 되려는 내면의긴장감도 사라지게 됩니다.

물론 여전히 부자가 되고 싶고 더 많은 돈이나 명예, 지식, 성공을 이루고 싶은 마음이 있을 수 있습니다. 지금 겪고 있는 문제에서 벗어나고 싶다는 바람도 있겠죠. 그러나 이 진실은 바뀌지 않습니다. 나는 이미 존재 차원에서 온전하고 완전한 상태에 있다는 것입니다. 나는 부족하지 않습니다. 나는 이미 완전합니다. 그리고 안전합니다.

나는 생명 그 자체이며 우주의 지성과 모든 존재의 신비와 깊이 연결된 하나의 일원입니다. 내 안에는 이미 모든 것이 포함되어 있습니다. 지금 여기에 온전히 머무를 때, 모든 고통과 불행은 사라지고 삶은 기쁨과 편안함 속에서 부드럽게 흘러가기 시작합니다.

내가 하는 모든 일, 비록 그것이 가장 단순한 행동일지라도 그 안에는 자연스럽게 정성과 배려, 사랑이 스며듭니다. 더 이상 급하지도, 무겁지도 않은, 존재의 본질과 이어진 흐름이 되는 것입니다.

✦ *12*

짧은 현존이 삶 전체를 비추도록 하기

몸의 모든 세포가 생명으로 충만해지고 존재 자체가 기쁨으로 느껴질 때, 비로소 우리는 시간으로부터 자유로워졌다고 말할 수 있습니다. 과거에 의존하지 않고 미래에 기대지 않는 상태. 그것이야말로 가장 깊고 본질적인 의식의 변화입니다.

시간을 초월한 의식 상태를 처음 경험하면 시간의 차원과 존재의 차원을 오가게 됩니다. 그 순간, 자신이 얼마나 오랫동안 의식 밖에서 살아왔는지를 깨닫고는 놀라게 되죠. 그 인식 자체가 하나의 큰 전환점입니다. 지금껏 '의식'이라고 여겨왔던 무의식의 상태에서 비로소 벗어나기 시작한 것입니다. 그 변화는 단 몇 초에 불과할 수도 있지만 바로 그 순간이 '현존'입니다.

그 이후로는 점점 더 자주, 의식을 지금 이 순간에 두려는 선택을 하게 됩니다. 그리고 지금을 놓쳤다는 것을 알아차릴 때마다 단 몇 초가 아닌, 더 오래 지금에 머무를 수 있게 됩니다. 물리적인 시간의 흐름으로도 그 변화는 분명히 감지됩니다.

완전히 깨어 있는 의식 상태에 안정적으로 자리 잡기까지는 일정한 시간과 꾸준한 수련이 필요합니다. 물론 아주 드물게, 단 한순간의 깊은 깨어남으로 전환되는 경우도 세계 곳곳에서 보고되고 있지만, 대부분의 사람에게는 의식과 무의식, 존재 상태와 마음에 사로잡힌 상태를 오가는 흐름이 계속됩니다.

그러나 계속해서 연습하고 지켜보세요.

4장

고통을 바라볼 용기 너머에,
마침내 삶이 펼쳐진다

Beyond the Courage to Face Pain, Life Begins to Unfold

고통은 왜 반복되나요?

Why does pain return again and again?

고통을 회피하지 않고 정면으로 바라보기

일상의 평범한 순간들 속에서 더 자주 깨어 있으려고 노력해 보세요. 이 조용한 노력은 존재의 힘을 키우는 문이 됩니다. 그렇게 현존하는 상태에 머물기 시작하면, 나와 내 주변에는 자연스럽게 더 높은 진동의 에너지가 형성됩니다. 이 에너지 안에서는 부정성, 불화, 폭력 같은 것들이 머물 수 없습니다. 마치 어둠이 빛 앞에서 저절로 사라지듯 그 모든 것도 조용히 사라지게 됩니다.

생각과 감정을 관찰하는 일은 현존으로 들어가기 위한 필수적인 단계입니다. 이 과정을 시작하면 아마 깜짝 놀랄지도 모릅니다. 내가 지금까지 얼마나 오랜 시간 무의식, 즉 마음이 만들어낸 허상의 세계 속에서 고통을 겪으며 살아왔는지를 인식하게 되기 때문입니다. 그리고 그동안 진정한 평온을 단 한 번도 느껴보지 못한 채 그저 버티며 살아왔다는 사실도 서서히 드러나게 됩니다.

이 깨달음은 때로는 놀랍고 낯설지만 동시에 새로운 자리를 여는 시작이 됩니다. 생각을 조용히 지켜보면 그동안 내가 얼마나 많은 불만을 품고 있었는지, 그리고 매 순간 얼마나 자주 모든 것과 사람들을 판단해 왔는지를 알게 됩니다.

지금 여기, 지금 이 사람, 지금 이 환경과 인생에서 벗어나려는 저항과 투쟁이 내 안에 얼마나 강하게 뿌리내려 있었는지도 점점 느껴지기 시작할 거예요. 불안, 슬픔, 두려움, 외로움, 서러움, 그 수많은 아픈 감정들 속에서 내가 얼마나 오래 붙잡혀 있었는지를 마주하게 됩니다.

그 끔찍한 것들이 사실은 밖에서 온 것이 아니라 내 안에서 증폭되어 결국 나를 덮어버릴 만큼 커졌다는 것을 보게 됩니다. 그 사실을 직면하는 순간, 삶을 바라보는 시선은 완전히 달라지기 시작합니다.

그리고 마침내 가슴 벅차 숨이 멎을 듯한 어떤 순간, 내가 평생 찾아 헤매던 삶 전체의 구원이 바로 지금, 내 안에서 시작되고 있었다는 진실을 마주하게 됩니다.

그 문은 바깥이 아니라 언제나 지금,
내면에 열려 있었던 것입니다.

마음은 습관적으로 모든 것을 저항합니다. 겉으로는 받아들이는 듯 보여도 내면 깊숙한 곳까지 진심으로 받아들이는 일은 좀처럼 일어나지 않죠. 어딘가에서는 늘 선을 긋고 있습니다. 무엇은 좋고, 무엇은 싫고, 이 정도는 괜찮지만 이 이상은 불편하다는 식으로 조건을 붙이고 삶을 재단하는 것. 이것이 마음의 오래된 습성입니다.

무엇이든 있는 그대로 두지 못하고 판단하게 될 때, 그때마다 내면 깊은 곳에서 어떤 불만감이나 부정적 감정이 일어나는지를 꼭 살펴보세요. 그 감정은 조용하지만 분명하게 드러납니다.

이제 그 자리에 의식의 빛을 비추면 무의식적인 모든 반응은 더 이상 머물지 못하며 드러나는 순간 사라집니다.

자기 관찰을 통해 스스로에게 자주 물어보세요.
"지금 이 순간, 나는 편안한가?"
"지금 내 안에서는 무슨 일이 일어나고 있는가?"

이 단순한 질문들이야말로 현존을 불러오고 내면을 깨어 있게 하는 강력한 열쇠입니다. 내면을 잘 살피며 살아가기 시작하면, 외부의 모든 일은 자연스럽게 제자리를 찾게 됩니다.

걱정하지 마세요.
진짜 현실은 언제나 내면에 있으며,
외부의 상태는 그 내면이 반영된 결과일 뿐입니다.

'지금, 이 순간 내 안에서 무슨 일이 일어나고 있는가?'

이 질문 앞에서는 서두르지 마세요. 먼저 조용히 호흡을 몇 번 깊게 해보세요. 숨이 들어오고 나가는 흐름을 따라가며 주의를 천천히 내면으로 돌립니다. 그리고 자신 안을 조용히 들여다보세요. 그 다음, 아주 가볍게 물어보는 겁니다.

지금, 마음은 어떤 생각을 하고 있나?
어떤 감정이 떠오르고 있나?
이번엔 몸으로 주의를 돌려볼까?
몸 어디쯤에 긴장이 느껴지나?

그 모든 것을 바꾸려 하지 말고 그저 있는 그대로 알아차리는 것부터 시작해 보세요. 의식이 그 자리에 닿는 순간, 변화는 이미 시작되고 있는 것입니다. 면에서 미묘한 불안감이 느껴진다면, 조용히 그 자리에 머무르며 바라보세요. 피하지 마세요. 그 불안감은 오히려 삶을 마주하게 해줄 열쇠입니다.

왜 내가 삶을 피하고 있는지, 어떤 방식으로 그것을 회피해 왔는지, 왜 지금 이 순간에 머물기 어려웠는지를 조용히 보여주기 시작할 것입니다. 그 감정을 왜 저항해 왔는지, 왜 거부하고 싶었는지, 모든 것이 점점 더 또렷해질 것입니다.

어떤 날은 단 한 번의 깊은 통찰로 마음의 밑바닥까지 닿기도 하고, 어떤 날은 여러 번에 걸쳐 조용히 바라봐야 할 수도 있습니다. 하지만 끝까지 바라보면 그 감정의 근원은 반드시 모습을 드러내게 됩니다.

그러니 용기를 내세요.
그 용기는 이미 내 안에 있습니다.

14

무너지는 자아 아래 진짜 나를 만나기

지금 스트레스를 느끼고 있나요?
스트레스는 '여기'에 있으면서도 '저기'에 있고 싶어 할 때, 지금 이 순간에 있으면서도 미래 어딘가에 있기를 바라는 마음에서 시작됩니다. 지금의 현실이 아닌 다른 상황을 원하는 내면의 갈등이 커질 때 그 분열된 상태를 스트레스로 경험하게 되는 것이죠. 결국 스트레스는 '지금'으로부터 멀어진 마음이 만들어낸 내적 분열의 결과입니다.

혹시 과거 생각을 자주 하시나요? 과거에 이뤘던 멋진 일, 누군가와의 기억, 상처나 미안함, 분노, 자책… 그 기억들이 자부심이 되기도 하고 때론 후회나 원망, 슬픔으로 이어지기도 하죠. 그런 감정은 모두 지금 이 순간을 흐리게 만드는 무의식의 잔재입니다.

과거를 자주 떠올리는 것은 내 존재를 생생하게 만드는 듯 보이지만 실제로는 몸의 노화를 더 빠르게 만들고 무엇보다 '나'라는 가짜 자아, 즉 에고를 계속 강화시킵니다.

주변을 돌아보면 과거에 얽매여 지금을 살아가지 못하는 사람 한 명쯤은 떠오를 겁니다. 그의 표정, 말투, 에너지, 삶의 분위기를 떠올려 보면 이 말의 의미는 더욱 분명해질 거예요.

과거는 그저 기억 회로 속에서 떠오르는 장면일 뿐입니다.

실재하지 않습니다. 그저 익숙한 습관일 뿐이고 인류 전체가 공유하는 집단적 의식 중독입니다.

과거는 꼭 필요할 때만 꺼내 쓰는 도구로 남겨 두세요.

생각이 삶의 주인이 되어선 안 됩니다.

의식을 지금 이 순간으로, 존재의 충만함으로, '지금의 힘' 안으로 되돌리십시오. 지금은 모든 것을 새롭게 시작할 수 있는 골든타임입니다. 과거를 반복해서 끌어와 다시 사는 습관에서 벗어나세요. 내가 진짜로 존재하는 시간은 언제나 지금, 바로 이 순간뿐입니다.

혹시 걱정하고 있나요? '혹시 그렇게 되면 어쩌지?', '그런 일이 벌어지면 어떻게 하지?' 같은 불안감이 자꾸 올라오나요? 그런 불안은 마음과 자기를 동일시한 결과입니다. 마음이 만들어 낸 상상의 상황을 기준 삼아, 지금 존재하지도 않는 것에 두려움을 느끼는 것입니다.

그 그림자에 휘둘리지 말고 지금 여기에 머무르세요.

두려움은 언제나 '지금'을 떠났을 때 찾아옵니다.

이 잘못된 생각의 흐름을 멈추는 가장 직접적인 방법은 잠깐이라도 지금 이 순간이 전부라는 진실을 자각하는 것입니다.

지금 호흡을 느껴보세요. 숨이 몸 안으로 들어오고 나가는 흐름을 따라가며, 그 호흡이 지나가는 자리에서 묵묵히 살아 움직이는 몸속 생명들을 조용히 지켜보세요. 의식은 걱정과 번뇌에 휩싸여 있을지 몰라도 그 순간에도 내 몸속의 장기와 세포는 한 순간도 흐트러짐 없이 이 생명을 지키기 위해 충실히 일하고 있습니다.

이제 마음에서 조금 내려와 그 안쪽으로, 몸속 깊은 곳, 장기와 세포, 에너지의 진동 가까이에 다가가 보세요. 그곳에는 잊고 지내던 고요하고 단단한 생명의 힘이 있습니다.

생각해 보세요. 지금 내가 처리해야 할 진짜 일은 내년이 아닌, 내일도 아닌, 5분 후도 아닌 지금 이 순간에 있지 않나요? 그렇습니다. 지금은 언제나 대처할 수 있는 자리입니다. 그러나 미래는 아직 존재하지 않기에 지금 대처할 수 없습니다. 그럴 필요도 없습니다. 삶은 정해진 틀 안에서 흐르지 않습니다. 모든 것은 계속해서 바뀌고 또 새롭게 흘러갑니다. 세부적인 내용까지 미리 준비하거나 통제할 수는 없습니다.

미래의 어느 순간도 결국은 그때의 '지금' 안에서 펼쳐집니다. 그 순간에 맞는 답과 필요한 것들은 항상 너무 빠르지도, 너무 늦지도 않게 딱 맞는 순간에, 딱 맞는 형태로 도착하게 될 것입니다.

혹시 지금, 무언가를 습관적으로 기다리고 있지는 않나요? 돌아보면 우리는 인생에서 얼마나 많은 시간을 그저 '기다리는' 데 써왔는지 알 수 있습니다. 우체국, 도로, 공항, 누군가의 도착, 일의 마무리… 기다리는 동안 지금 이 생생한 순간은 계속 미뤄졌습니다.

더 익숙한 형태의 기다림은 이런 모습으로 숨어 있기도 합니다. 다음 휴가, 더 나은 직장, 자녀의 성장, 성공, 깨달음, 부, 명예… 모두가 지금 아닌 어딘가에 삶이 있다고 믿게 만드는 환상입니다.

나는 이미 너무 많은 시간을 '새롭게 시작하기 위해'
기다리며 허비해왔습니다.

기다림은 행동이 아니라 마음의 상태입니다. 기다린다는 것은 지금보다 미래를 더 중요하게 여긴다는 뜻이고, 아직 없는 무언가가 지금보다 더 낫다고 믿는 것입니다. 믿음이 내면에 갈등을 일으키고 현재를 흐리며 삶의 질을 낮춥니다.

많은 사람이 삶이 더 풍요로워지기를 기다립니다. 하지만 진짜 풍요는 미래에서 오지 않습니다. 풍요는 언제나 지금 이 자리에서 시작됩니다. 지금 내가 있는 장소, 지금 하고 있는 일, 지금의 나를 있는 그대로 받아들이고 인정할 때 비로소 풍요의 문이 열립니다.

감사에서 비롯된 충만감이 진정한 풍요를 불러옵니다. 그 감사는 지금 여기에서 피어납니다. 지금 이 순간 내가 먹고 있는 음식, 함께 있는 사람들, 하고 있는 일, 머무는 집, 그리고 이 '나'를 진심으로 받아들일 때, 그 모든 것이 충만해지고 삶이 깊어집니다.

기다리고 있다는 걸 알아차렸다면, 그 즉시 지금으로 돌아오세요. 지금 내 곁에 있는 좋은 것들에 마음을 두세요. 그러면 기다림의 이유가 사라집니다. 누군가 "기다리게 해서 미안해요"라고 말했을 때, 이렇게 대답할 수 있기를 바랍니다. "괜찮아요. 저는 기다리지 않았어요. 그냥 여기에서 즐기고 있었어요."

이 말은 단순한 대답이 아니라 지금 이 순간을 진짜로 살아가는 사람이 할 수 있는 존재의 언어입니다. 정신과 감정 상태를 자주 점검할수록 더 자주 시간이라는 꿈에서 깨어나 지금 이 순간으로 돌아오게 됩니다. 의식은 생각에 휩쓸리지 않고 그저 내면을 바라보는 것만으로도 현재로 향합니다.

단 한 가지를 꼭 기억하세요.

불행하고 거짓된 자아, 즉 에고는 언제나 시간에 뿌리를 두고 살아갑니다. 과거에 매달리고 미래에 매혹돼야만 살아남을 수 있기 때문이죠. 에고는 지금이 자기의 죽음이라는 걸 압니다. 그래서 온갖 수단으로 당신을 시간 속으로 끌어들이려 합니다. 과거의 기억, 미래의 걱정, 끝없는 계획과 상상… 모두 지금으로부터 당신을 떼어놓으려는 에고의 전략입니다.

하지만 두려워하지 마세요. 그 흐름을 알고 있다는 사실만으로도 충분합니다. 그리고 매 순간 지금으로 돌아오려는 의도, 그 하나만으로도 당신은 이미 깨어 있는 존재입니다. 그것이 깨어남의 시작입니다. 그 순간부터 거짓 자아는 힘을 잃기 시작합니다.

어떤 의미에서 '현존'도 하나의 기다림입니다. 하지만 그것은 갈망이나 초조함이 아닌, 완전히 깨어 있는 상태에서 순간을 맞이하는 조용한 기다림입니다. 지금 여기에 완전히 머무는 사람은 더 이상 과거의 이야기나 미래의 드라마 속에 살지 않습니다. 그런 순간에는 긴장도 두려움도 설 자리가 없고 현존하는 고요함만이 자리를 잡습니다. 몸 전체, 세포 하나하나까지 이 순간을 살고 있고 그 안에서 삶은 가장 깊고 선명한 모습으로 살아납니다.

그렇게 그동안 '나'라고 여겨온 모든 것이 조용히 사라집니다.

하지만 놀랍게도 잃는 것은 단 하나도 없습니다.

오히려 그 어느 때보다 더 온전하고 분명한 '나'가

이 자리에 남아 있게 됩니다.

마침내, 진정한 나 자신이 된 순간입니다.

과거에 매이지 않고 현재로 돌아오기

무의식 속에 남아 있는 과거에 대해 정말로 알아야 할 것이 있다면, 지금 내가 겪고 있는 현재의 상황이 그것을 분명하게 드러내 줄 것입니다. 과거를 굳이 깊이 파고들 필요는 없습니다. 오히려 거기에 빠져들면 끝이 보이지 않는 구덩이에 빠진 것처럼 빠져나오기 힘든 상태가 될 수 있어요.

"시간이 지나면 이해될 것이다",

"시간이 해결해줄 것이다"라는 말은 결국 미래가 과거로부터 나를 구원해줄 것이라는 또 하나의 환상에 기대는 것입니다. 그러나 오직 지금 이 순간만이 과거의 끝나지 않는 악몽으로부터 나를 해방시킬 수 있습니다.

더 많은 시간이 흐른다고 해서, 더 멀리 미래로 나아간다고 해서 과거에서 자유로워질 수는 없습니다. 만약 과거의 어떤 장면이 진짜로 필요한 순간이 있다면, 그 순간에만 잠시 조용히 꺼내 쓰면 됩니다. 과거는 기억의 도구일 뿐, 늘 꺼내놓고 바라볼 필요는 없습니다.

과거에 자주 관심을 두고 자꾸 돌아볼수록 과거는 점점 더 큰 힘을 얻습니다. 그리고 실재하지 않는 것을 지금처럼 생생하게 느끼게 만들죠. 그만큼 과거는 사람을 속이는 데 능숙합니다.

그러나 과거의 나는 지금의 내가 아닙니다. 세포에 남아 있는 기억 장면들을 되짚으며 그것을 '나'라고 착각하지 마세요.

과거는 단지 흔적일 뿐, 지금 이 순간 살아 있는 내가 아닙니다.

진짜 나는 언제나 지금, 이 자리에서만 존재합니다. 지금의 감정, 지금의 행동, 지금의 반응들, 그 모든 것을 판단하거나 분석하지 않고 조용히 바라볼 수 있다면, 과거의 경험과 감정이 현재에 어떤 영향을 주고 있는지 자연스럽게 인식하게 됩니다. 그 인식은 곧 지혜로 이어지고 현존의 힘은 과거에 남아 있던 부정적 감정과 무의식을 서서히 녹이고 해소하기 시작합니다.

과거에서는 결코 나를 찾을 수 없습니다. 진짜 나, 변화와 자유, 생명과 기쁨으로 충만한 나는 오직 지금 이 순간, 현존 안에서만 존재합니다.

고요히 바라보는 그 순간,
스스로를 드러내는 존재

In the Stillness of Observation, Being Reveals Itself

깨어나면 뭐가 달라지나요?

What truly changes upon awakening?

A Life Without Clinging

16

고요한 자각으로 존재에 깨어나기

맑은 날 밤, 고요하게 펼쳐진 하늘을 올려다본 적이 있나요? 말문이 막힐 정도로 광활하고 완벽하게 정적인 그 장면 앞에서 순간, 설명할 수 없는 경외감을 느껴본 적 있으세요?

숲속 산골짜기에서 흐르는 시냇물 소리를 아무 생각 없이, 그저 온전히 그 소리만을 들으며 잠시 머물러 본 순간은요? 혹은 여름 저녁, 이름도 모를 새가 지저귀는 소리에 가만히 귀 기울이며 잠시 마음이 멈췄던 순간이 있었을지도 모르겠습니다.

그런 순간이 있었나요? 이런 소리들은 마음이 고요할 때만 들리는 법입니다. 잠시라도 개인적인 문제나 걱정에서 벗어나 머릿속의 소음이 잦아들 때, 비로소 그런 소리가 들려옵니다.

모든 지식을 내려놓고, 해석을 멈추고, 있는 그대로를 받아들일 수 있을 때, 비로소 '지금 여기에 펼쳐진 삶'의 생생한 모습이 조용히 드러나기 시작합니다. 그제야 우리는 '보게' 됩니다.

내가 지금 보고 있는 것들이 정말 진짜일까요? 많은 사람은 그렇다고 믿지만 눈에 보인다고 해서 모두 '보고 있는 것'은 아닙니다. 외적인 형태의 아름다움 너머에는 말로 다 표현할 수 없고, 어떤 이름도 붙일 수 없는 훨씬 더 깊고 넓은 신성한 본질이 있습니다. 그리고 그 본질은 내가 지금 이 순간에 완전히 깨어 있을 때만 조용히 모습을 드러냅니다. 그 이름 없는 본질과 내 현존은 어쩌면 같은 것이 아닐까요?

지금, 이 자리에서 그 본질 안으로 한 걸음 더 깊이 들어가 보세요. 그리고 직접 느껴보세요.

17

신성과 연결되는 열린 감각 열기

마음을 조용히 지켜보는 순간, 의식은 마음이 만들어낸 모든 형상들, 눈에 보이는 것들, 익숙한 감정들, 습관적인 생각들로부터 서서히 분리되기 시작합니다. 그때 나타나는 것이 '관찰자', 혹은 '목격자'라 불리는 깨어 있는 의식입니다. 이 의식은 더 이상 눈으로 보는 것도, 마음으로 해석하는 것도 아닙니다. 그 어떤 판단도 없이, 감정과 생각 너머의 자리에서 모든 것을 지켜보는 순수한 의식입니다. 그리고 이 관찰자는 내가 현존할수록 점점 더 또렷해지고 강해집니다.

반대로 오랫동안 반복되던 마음의 패턴들, 익숙한 생각이나 감정들은 점점 힘을 잃고 약해지기 시작합니다. 때로는 완전히 사라진 듯 느껴지다가도 불쑥 다시 마음이 주도권을 잡고 흔들어대는 순간이 오기도 하죠. 그럴 때면 스스로에게 실망하거나 자책감에 빠질 수도 있습니다.

그러나 잊지 마세요. 그 모든 것도 마음이 만들어내는 또 하나의 드라마일 뿐입니다. 심지어 자책하는 그 반응조차도 마음이 오래도록 반복해온 방식 중 하나일 뿐이에요. 때로는 거의 발악처럼 느껴지기도 하지만, 그 흐름에 휘말릴 필요는 없습니다.

'아, 또 이 패턴이 왔구나.'
그저 그렇게 바라보며, 거기서 다시 시작하면 됩니다.

마음을 지켜보는 일은 누군가에겐 매우 개인적인 내면의 작업처럼 보일 수 있습니다. 하지만 사실 이 과정은 훨씬 더 큰 차원, 우주적 의미를 품고 있는 일입니다. 내가 생각과 동일시하지 않고 마음과 나를 분리해서 보기 시작하는 바로 그 순간, 나는 단지 개인의 고통에서 벗어나는 것만이 아니라, 인류 전체가 오랫동안 반복해온 파괴적 사고의 패턴에서 조용히 깨어나고 있는 것입니다.

이것은 하나의 존재가 깨어나는 일이자, 동시에 인류 의식 전체의 전환을 알리는 중요한 징후입니다. 지금 이 순간, 우리는 새로운 의식을 가진 인류가 깨어나기 시작하는 결정적인 시점에 와 있습니다. 그리고 그 변화는 바로 내 안에서 시작되고 있습니다.

매일의 삶 속에서 현존할 때, 의식은 점점 더 내면에 뿌리내리게 됩니다. 마음은 엄청난 속도를 지녔기 때문에 잠깐만 방심해도 금세 그 속으로 끌려가 버립니다.

그러니 기억하세요. 이것은 '생각으로 이해하려고 애쓴다고 해서' 되는 일이 아닙니다. 생각은 내가 아닙니다. 마음도 내가 아닙니다.

그저 지금 이 순간에 머무르세요. 호흡을 느껴보고, 조용히 바라보며, 의식을 몸의 안쪽으로 향하게 해보세요. 바로 지금 이 자리에서 존재로서, 순수 의식으로서, 가장 온전하고 완전한 모습으로 현존하고 있는 중입니다. 지금 이 순간으로 돌아오세요. 힘이 필요하다면, 그 힘을 내세요. 버티고, 알아차리고, 연습하세요.

조금씩 깊어질수록 진짜 나라는 존재는 점점 더 강한 힘으로 지금 이 자리로 의식을 다시 맞추게 될 겁니다. 그 자리는 언제나 거기, 현존이라는 이름 아래 변함없이 기다리고 있습니다.

'내면에 뿌리내린다'는 것은 머릿속 생각 속에 있는 것이 아니라 몸 안에 온전히 머무는 상태를 말합니다. 그것은 단지 몸이라는 껍데기를 인식하는 것이 아니라 그 안에서 살아 움직이는 생명, 존재의 진동을 조용히 느끼는 일입니다.

몸은 존재로 이끌 수 없습니다. 몸은 단지 외적 형상이고 깊은 실체를 축소하고 왜곡시킬 수도 있는 틀입니다. 그러나 존재와 연결된 상태에서는 그 몸조차도 전혀 다른 방식으로 느껴지게 됩니다. 눈에 보이지 않는 내면의 몸, 살아 있는 생명으로서의 '나'를, 매 순간 생생하게 경험할 수 있게 됩니다.

그러므로 '몸에 머문다'는 것은 몸의 형태가 아니라 그 안에서 진동하고 있는 생명, 본질의 에너지를 느끼는 것입니다. 그렇게 할 때 비로소, 내가 이 형상을 초월한 존재라는 사실을 스스로 자각하게 됩니다. 마음속 생각과 감정에 온 신경이 쏠려 있을 때, 내 존재와 단절된 상태에 놓이게 됩니다. 그것은 많은 사람이 살아가고 있는 익숙하지만 무의식적인 삶의 방식입니다. 그 결과 마음은 의식 전체를 점령하게 되고 생각은 곧장 행동으로 연결되며 삶을 주도하게 됩니다. 생각은 멈출 수 없는 흐름이 되고 나는 그 흐름에 휘말려 끊임없는 반응의 삶을 살게 됩니다.

의식을 마음으로부터 되찾는 것.
이것이 바로 영적인 여정이자 명상 수행의 핵심 과제입니다.

이 과정을 통해 그동안 무의식 속에서 강박적으로 반복되던 생각들에 묶여 있던 방대한 양의 의식 에너지를 해방시킬 수 있습니다.

방법은 복잡하지 않습니다. 생각에 고정돼 있던 주의력을 조용히 떼어내어 의식을 몸 안으로 옮기는 것. 그것이 시작입니다. 그렇게 하면 지금껏 보이지 않았던 몸의 에너지, 그 안에서 살아 움직이는 생명의 감각을 통해 존재는 서서히 드러나기 시작할 것입니다.

✦ 18

지금 이 순간을 존재로 살아보기

지금 바로 시도해 보세요.

눈을 감고 하면 더 집중되거나 편안하게 느껴질 수 있습니다. 하지만 시간이 지나고 '몸에 머무는 감각'이 자연스럽고 익숙해 지면 굳이 눈을 감지 않아도, 언제 어디서든 그 상태에 들어갈 수 있게 됩니다. 중요한 건 의식을 몸 안으로 옮기는 감각을 자 주 경험하는 것입니다.

생각에서 천천히 주의를 내려놓고 지금 이 순간, 몸을 내면에 서부터 조용히 느껴보세요. 손과 팔, 다리와 발, 복부와 가슴⋯ 그 모든 곳에 조용히 살아 있는 생명의 감각이 깃들어 있는지 살 펴보세요.

지금, 내 몸 안에 생명력이 느껴지나요? 모든 장기와 세포를 부 드럽게 흐르는 미묘하지만 분명한 에너지의 흐름이 느껴지나요?

그것에 대해 분석하거나 설명하려 하지 말고 그저 조용히 느끼며 그 안에 머무는 것, 지금은 오직 그것에 집중해 보세요. 깊이 집중할수록 그 감각은 점점 더 선명하고 강렬해질 것입니다. 때로는 몸 전체, 세포 하나하나가 살아 숨 쉬는 것처럼 느껴지기도 할 겁니다.

만약 시각적인 감각에 민감하다면 몸 안에서 부드럽게 빛이 퍼져나가는 이미지를 떠올려 보아도 좋습니다. 하지만 가능하다면 이미지보다는 직접적인 '느낌' 자체에 집중하는 것을 추천드립니다. 아무리 평화롭고 아름다운 이미지라도 결국 그것은 이미 형태로 정의된 것입니다. 형상은 의식을 더 깊은 내면으로 들어가는 데 오히려 방해가 될 수도 있습니다. 지금 필요한 건 생각을 멈추고, 그저 몸 안에 조용히 머무르는 연습입니다.

지금 이 자리에서, 말없는 생명과 하나 되는 감각 속으로 들어가 보세요. 그리고 그 안에서 진짜 나, 내면 깊은 곳에 깃든 존재와 연결되어 있는 자신을 조용히 느껴보세요.

19

고요함 속에서 드러나는 지성을 느끼기

다음 명상을 한번 시도해 보세요. 10분에서 15분 정도면 충분합니다.

먼저, 외부의 방해가 없는 조용한 공간을 찾아보세요.

의자에 앉았다면 등을 기대지 말고 척추를 곧게 세워보세요.

이 자세는 몸은 이완되면서도 의식은 깨어 있는 상태를 유지하는 데 도움이 됩니다. 물론 더 편안하게 집중할 수 있는 자세가 있다면 그 방법을 따라도 좋습니다.

이제 몸이 편안하게 이완되었는지 천천히 확인해 보세요.

그리고 눈을 감고 깊고 천천히 여러 번 호흡해 보세요. 숨이 아랫배까지 들어왔다가 나가는 과정을 조용히 느껴보는 겁니다. 들이쉴 때와 내쉴 때마다 배가 부드럽게 팽창하고 수축하는 것을 관찰해 보세요.

그다음, 몸 전체의 내면 에너지에 집중해 보세요.

생각하려 하지 말고, 그저 느끼는 것에만 집중해 보세요. 도움이 된다면 몸 안에서 부드럽게 퍼져나가는 빛의 흐름을 떠올려도 좋습니다.

하지만 그 에너지장이 점점 더 분명하게 느껴지기 시작하면 시각적인 이미지는 조용히 내려놓고, 그저 감각 속에 깊이 머물러 보세요. 느낌이 곧 안내자가 되어 줄 것입니다.

그러면 이제 남는 것은 단 하나, 모든 것을 아우르는 현존, 또는 존재 자체에 대한 감각뿐입니다. 그 순간 내면의 몸은 마치 경계가 사라진 듯 느껴질 수도 있습니다.

그 느낌 안으로 더 깊이 들어가 보세요.

생각하지 말고, 그 감각과 완전히 하나가 되어 보세요.

몸 안의 에너지와 온전히 합쳐지는 순간,

'지켜보는 나'와 '지켜지는 몸' 사이의 경계가 사라지고

관찰자와 대상이라는 이중성조차 느껴지지 않게 됩니다.

내면과 외형의 구분도 흐려지며 이제는 내면의 몸조차 별도로 인식되지 않습니다. 그 모든 것을 넘어, 오직 존재만이 남습니다.

몸 안으로 깊이 들어간다는 것은
몸을 넘어서는 자리에 이르게 되는 것입니다.
이 순수한 존재의 자리에서
편안하게 느껴지는 만큼 머물러 보세요.

그다음엔 천천히 몸과 호흡, 신체 감각들을 다시 인식해 보고
눈을 부드럽게 떠보세요.
주변을 명상하듯 바라보며,
보는 모든 것에 이름 붙이지 않고, 판단하지 말고,
그저 조용히 바라보는 겁니다.

그리고 그 과정 속에서도 내면의 몸, 살아 있는 존재의 감각이
여전히 함께하고 있다는 것을 알아차려 보세요.
그 느낌과 함께 머무는 연습, 그것이 이 수행의 핵심입니다.

형상이 없는 그 영역에 접근할 수 있다는 것. 그 자체로 깊고도 진정한 해방입니다. 외적인 모습에 매달리던 내면의 속박에서 벗어났다는 뜻이며, '나'라는 존재를 어떤 이름이나 역할, 정체성과 동일시하던 오래된 마음의 습관으로부터 자유로워졌다는 증거입니다.

이 영역은 '보이지 않는 근원', 혹은 '모든 존재 안에 깃든 존재'라 부를 수 있습니다. 그 자리는 깊은 고요와 평화, 기쁨, 그리고 강렬한 생명력이 깃든 자리입니다.

내가 현존할 때마다 이 근원에서 흘러나오는 순수한 의식의 빛은 외적인 형상에도 스며들며, 그 얼굴과 형상을 점점 더 투명하게 바꿔 놓습니다. 왜냐하면 그때부터 나의 의식이 더 큰 존재의 일부인 우주와 하나로 연결되기 시작하기 때문입니다.

그리고 마침내, 이 근원이 결코 나와 분리된 것이 아님을 스스로 깨닫게 됩니다.

의식이 밖을 향하면 마음이 만들어낸 세상이 펼쳐집니다. 생각과 감정, 역할과 이야기들이 자리를 채우고 그 흐름 속에서 나는 자주 나를 잃게 됩니다. 그러나 의식이 내면으로 향할 때 비로소 나라는 존재의 근원을 자각하게 되고 나는 진짜 집으로 돌아오게 됩니다.

보이는 세계 안에서 나는 여전히 이름을 갖고 있고 삶의 이야기와 미래 계획도 있지만, 본질적인 차원에서의 나는 이제 완전히 다른 존재가 되어 있습니다. 마음이 아닌, 존재로서의 나입니다.

이 자리를 단 한 번이라도 느껴본 사람은 그 감각이 완전히 자리 잡는 데 시간이 걸릴 수는 있어도 이전의 나로는 결코 되돌아가지 않습니다. 존재 의식은 한 번 깨어나면 다시 잠들지 않기 때문입니다. 그것은 결코 사라지지 않는 진실입니다.

이제 이렇게 수행해 보세요.
일상생활을 할 때 모든 주의를 외부 세계와 마음에만 쏟지 마세요. 의식의 일부를 조용히 내면에 남겨두는 연습을 하세요.

막상 해보면 어렵지 않다는 걸 알게 될 겁니다. 누군가를 만나거나 자연 가까이에 있을 때 의식의 일부를 몸 안에 남겨 둔 채 말하고 행동해 보세요. 겉으론 평범한 일상을 살고 있어도 내면 깊이 자리한 고요함과 연결된 채 행동하는 겁니다.

그 통로를 열어 두면 말로는 다 설명할 수 없는 존재의 지성이 그 순간 함께하고 내가 하는 말과 행동을 조용히 이끌어 줄 것입니다.

겉으로는 '형상의 나'가 말하고 있지만 그 안에서는 단지 지식과 생각이 아니라 존재 전체가 함께 말하고 있는 것입니다.

존재의 지혜는 내가 가진 그 어떤 탁월함보다도 깊고 넓습니다. 그것은 내가 이해할 수 있는 범위를 넘어서는 방식으로 나와 내 삶을 이끌고 진정한 번영과 이로움으로 확장시켜 줍니다.

바깥에서 어떤 일이 벌어지든 나는 더 이상 흔들리지 않습니다. 왜냐하면 내 안에는 결코 나를 떠나지 않는 고요함이 있기 때문입니다.

나는 이제 보이지 않는 세계와 눈앞의 세상을 잇는 조용한 다리가 되었습니다. 이 자리가 바로 우리가 '깨달음'이라 부르는 근원과 연결된 상태입니다.

✦ *20*

의식이 늘 지금에 있다는 걸 기억하기

명상의 핵심은 내면의 몸과 지속적으로 연결된 상태에 머무는 것입니다. 이 연결이 깊어질수록 삶은 빠르게 변하고 그 안에는 설명할 수 없는 자연스러운 깊이가 더해집니다. 축복처럼 느껴지는 요소들이 삶에 하나둘 스며들고 어느새 모든 것이 충만함 속으로 녹아들게 됩니다.

의식을 내면에 더 깊이 집중할수록 진동의 주파수는 눈에 보이지 않게 높아집니다. 그건 마치 스위치를 켜는 것과 같습니다. 더 많은 전류가 흐르며 주변을 환히 밝히듯 진짜 삶의 빛이 고요한 연결 속에서 퍼져나가기 시작합니다.

이 높은 에너지 차원에 머무를 때 부정적인 영향은 더 이상 나에게 닿을 수 없습니다. 의식이 깊어지고 주파수가 높아질수록, 삶은 점점 더 긍정적인 방향으로 확장됩니다. 지금, 이 순간에 더 깊고 더 확고하게 머물고 있기 때문입니다.

몸 안의 생명에 더 집중할수록 현실은 반응이 아니라 창조의 자리에서 펼쳐집니다. 그렇게 내면에 깊이 뿌리를 내리면 어떤 외부 자극이나 혼란스러운 마음의 흐름 속에서도 진짜 나, 존재를 잃지 않게 됩니다.

생각과 감정, 두려움과 욕망이 여전히 어딘가에서 움직이고 있을 수는 있지만, 이제는 그것들이 더 이상 나를 완전히 지배하거나 끌고 가는 일이 일어나지 않습니다. 나는 그 모든 것의 중심에서, 더 이상 흔들리지 않는 고요한 자리에 있게 됩니다.

지금 이 순간, 내가 어디에 집중하고 있는지 조용히 살펴보세요. 지금 이 글을 읽고 있다면 이미 어느 정도는 집중하고 있는 상태일 겁니다. 동시에, 주변에서 일어나는 소리나 움직임을 어렴풋이 의식하고 있을 수도 있습니다. 또는 이 글의 내용을 머릿속으로 분석하거나 판단하고 있을지도 모르겠지요.

이제 그 모든 흐름을 놓고, 조용히 자신에게 물어보세요.
지금, 내 의식은 어디에 머물러 있는가?
지금 이 순간, 내면은 몸과 연결되어 있는가?

그 어느 하나에 모든 의식을 쏟아 붓지 마세요. 대신 의식의
일부를 항상 몸에 연결된 상태로 남겨두세요. 무엇을 하든 어떤
생각을 하든, 그 일부는 반드시 내면 깊이 머물러 있어야 합니
다. 그래야 행동과 생각이 바깥으로만 흘러가지 않게 됩니다.

지금 온몸을 하나의 에너지로 느껴보세요. 마치 눈으로 읽는
것이 아니라 온몸으로 듣고 온몸으로 읽는 것처럼요. 이 감각을
앞으로의 삶에서 반드시 실천해야 할 중요한 과제로 삼기를 바
랍니다. 이 연결이 중심을 지켜줄 것입니다.

마음과 외부 상황에 의식이 모두 빼앗기지 마세요. 지금 하고
있는 일에 집중하되, 가능한 한 자주 내면의 몸을 함께 느껴보는

것, 그것이 중요합니다. 말할 때도 생각할 때도 내면 깊이 뿌리를 내린 채 머물러 보세요. 그러면 어느 순간부터 내가 하는 일의 질이 달라지고 있다는 걸 스스로 느끼게 될 것입니다.

제가 전하는 이 말들을 무작정 받아들이지도, 무턱대고 거부하지도 마세요. 직접 겪어보며 확인해 보시기 바랍니다. 그 경험이야말로 가장 정확한 답이 되어줄 것입니다.

✦ 21
몸의 감각을 따라 치유를 느껴보기

몸을 의식하는 순간, 내면 깊은 곳에서부터 치유가 시작됩니다. 몸을 느끼고 그 감각 속에 머무는 명상은 스스로를 회복시키는 가장 본질적인 방법이 될 수 있습니다. 많은 질병은 의식이 바깥으로만 향한 채 너무 오래 머물러 있을 때 쉽게 생겨납니다.

삶의 중심이 외부로만 향하고 있을 때, 몸은 서서히 주의를 잃고 고요한 생명력과의 연결도 약해지게 되지요.

이 명상은 특히 질병이 시작되는 초기에 강력한 효과를 발휘하지만, 이미 증상이 깊어졌을 때라도 멈추지 말고 계속 이어가보세요. 그 꾸준함 속에서 어느 순간 분명한 변화와 회복의 신호가 찾아올 것입니다.

몇 분의 여유가 생길 때마다 특히 잠들기 전 마지막 순간이나, 아침에 눈뜨기 직전 첫 순간에 잠시 멈춰보세요. 그리고 의식 전체로 몸을 부드럽게 감싸듯 느껴보는 겁니다. 처음에는 손과 발, 팔과 다리, 복부와 가슴, 머리까지. 몸의 각 부위에 천천히 의식을 옮기며 그 안에 살아 있는 에너지의 감각을 가능한 한 선명하게 느껴보세요. 각 부위마다 약 15초 정도 머물러도 좋습니다.

이제 발끝에서 머리까지, 다시 머리에서 발끝까지,
의식이 물결처럼 몸 전체를 관통하며 흐르게 해보세요.
한두 번 천천히 흐르게 하는 데 약 1분이면 충분합니다.
그다음에는 몸 전체를 하나의 에너지로 느껴보세요.
그 감각 속에 머물며 조용히 현존해보는 겁니다.

온몸 구석구석, 모든 세포 하나하나에 집중하며 깊고 강렬하게 살아 있는 나 자신을 느껴보세요. 중간에 어떤 생각에 빠지더라도 걱정하지 마세요. 그저 그 사실을 알아차리고 곧바로 의식을 다시 내면의 몸으로 되돌리면 됩니다. 그 순간, 다시 중심을 되찾게 될 것입니다.

22

존재의 바탕에서 생각을 다뤄보기

　처리해야 할 일이 있을 때 마음은 유용한 도구가 됩니다. 하지만 그 마음을 사용할 때에도 내면과 연결된 의식을 함께 활용해보세요.

　그 순간 생각은 더 창의적이고, 더 이롭고, 더 발전적이며 삶을 번영의 방향으로 이끄는 힘이 됩니다. 그 안에는 지혜와 이타심이 자연스럽게 깃들게 됩니다.

어떤 결정을 내려야 하거나 해결책을 찾아야 할 때마다 먼저 잠시 생각을 멈추고 내면의 에너지에 집중해 보세요. 그 안에 깃든 깊은 고요함을 느껴보세요. 그리고 존재의 탁월함이 지금 마주한 문제와 함께 할 수 있도록 공간을 비워보세요. 이제 생각을 시작해 보세요. 아이디어는 훨씬 더 부드럽고 자연스럽게 떠오를 것입니다.

생각하는 중간중간에도 잠시 멈추고 내면의 고요함에 주의를 돌려보세요. 그 상태에서 다시 생각을 이어가면 더 깊고, 더 정밀한 해답에 다가가게 될 것입니다.

이제는 예전처럼 머리로만 생각하려 하지 마세요.
내 지식, 내 경험, 내 감정만으로 답을 끌어내려 하기보다 존재 전체의 의식과 함께 생각해 보세요. 이것이 곧 끌어당김의 힘이고 삶의 연금술이며 불멸의 지혜가 머무는 자리입니다.

혹시 내면의 몸과 연결되기 어려운 순간이 있다면 호흡에 집중해 보세요. 의식적인 호흡은 그 자체로 강력한 명상이 됩니다.

숨을 따라가다 보면, 자연스럽게 몸과 나 자신이 하나로 연결됩니다.

지금, 들이쉬는 숨과 내쉬는 숨의 흐름을 조용히 따라가 보세요. 도움이 된다면 빛으로 가득 찬 모습을 상상해도 좋습니다. 그 빛을 들이마시고, 그 빛이 온몸을 채우며 안에서부터 빛나고 있는 것을 느껴보세요.

익숙해지면 그 이미지에 머물지 말고 점차 느낌 자체에 집중해 보세요. 그 감각이 바로, 지금 이 순간에도 존재와 함께 생각하고 있는 상태입니다.

사랑은 존재의 '상태'입니다.

사랑은 다른 사람이나,

어떤 조건이나 상황 속에 있는 것이 아닙니다.

처음부터 그대로,

본래 있던 그 자리 그대로,

당신 내면 깊숙한 곳에 존재합니다.

A Life Without Clinging

당신은 그 사랑을 잃을 수 없습니다.

사랑 또한 당신을 떠날 수 없습니다.

왜냐하면 당신과 사랑은 처음부터 하나이기 때문입니다.

진짜 사랑이 나로서 존재할 때,

그 사랑은 누구의 마음이나

누구의 몸,

어떤 조건이나 외적인 형상에도

의존하지 않습니다.

A Life Without Clinging

6장

한 걸음씩 나를 놓고, 빛으로 돌아가다

Letting Go Step by Step, Returning to the Light

감정에 휘둘리지 않으려면
어떻게 해야 하나요?

How Can I Stop Being Swayed by My Emotions?

A Life Without Clinging

_23_

마음의 무게를 천천히 풀어내기

고통은 많은 부분을 스스로 멈출 수 있습니다. 마치 정체가 드러나자 놀라 달아나는 범인처럼 마음은 내가 그것이 아님을 자각하는 순간 실체 없는 신기루처럼 사라집니다. 그 순간 더 이상 어떤 영향력도 가질 수 없기 때문이죠.

하지만 마음과 동일시된 상태에서는, 생각이 끊임없이 흘러나와 의식을 잠식합니다. 고통이라는 연막은 생각의 흐름 속에서 무의식이 자신을 감추는 방식이기도 합니다. 가장 근본적인 원인은 지금 이 순간을 있는 그대로 받아들이지 못하는 내면의 자동 반응입니다.

우리는 현재의 상황을 무의식적으로 거부하며 살아갑니다. 감정의 차원에서는 지금의 나와 삶, 이 순간의 상황이 마치 잘못된 것처럼 느껴집니다.

"이건 아니야."

"이런 나 말고 다른 나였으면…"

"이런 조건 말고 더 나은 환경에 있었으면 좋겠어…"

이 모든 저항은 지금 여기에 머무르지 못하는 마음의 습성에서 비롯됩니다. 그렇게 생겨난 저항은 매사를 부정적으로 바라보는 태도로 이어지기도 하고, 생각의 차원에서는 '좋다, 싫다', '맞다, 틀리다' 같은 판단으로 나타납니다.

이렇게 감정적 저항과 판단이 결합되면서 사람은 저마다 각기 다른 강도의 고통을 경험하게 됩니다. 같은 상황이라도 내가 얼마나 강하게 저항하느냐에 따라 고통의 깊이는 달라집니다. 마음은 항상 지금 이 순간을 부정하고 그로부터 도망치려 합니다.

마음은 본성적으로 지금이라는 공간에 머물 수 없습니다.

지금은 마음이 아닌, 의식만이 머물 수 있는 자리입니다.

여기서 말하는 '마음'은 단순한 사고 외에도, 생각, 감정, 반응, 기억, 정체성으로 얽혀 있는 구조 전체를 뜻합니다.

이 마음과 나를 동일시한 채 살며 내가 그 마음 전체라고 믿는 순간 더 큰 고통에 빠지게 됩니다. 그러나 지금 이 순간을 있는 그대로 받아들이고 그 안에 머무를 수 있을 때 고통과 괴로움, 거짓된 자아에서 벗어날 수 있는 문이 열립니다.

일부 가르침에서는 고통이 궁극적으로 '환상'이라고 말합니다. 그 말은 사실입니다. 하지만 중요한 것은 그 진실이 나에게도 사실이냐는 것입니다. 단지 이해하거나 믿는 것만으로는 충분하지 않습니다. 삶 전체가 고통으로 가득한데, 입으로만 "고통은 환상이야"라고 말한다면, 그 말은 나에게는 진실이 아닙니다. 그래서 이번 장에서는 "어떻게 하면 이 진실을 실제로 만들고 살아갈 수 있는가?"라는 질문을 다루려고 합니다.

무의식 상태란, 마음과 자신을 동일시하고 있는 상태를 말합니다. 이 상태에서는 고통을 피할 수 없습니다. 여기서 말하는 고통은 주로 감정적인 고통이지만 이 감정적 고통은 신체적 고통이나 질병의 뿌리가 되기도 합니다. 원망, 분노, 죄책감, 수치심, 우울, 질투, 조바심, 짜증, 이 모든 감정들은 고통의 씨앗이 되어 내 안에 머물며 몸에도 영향을 미치고 병을 일으킵니다.

쾌락이나 흥분처럼 겉보기에 즐거운 감정 안에도 고통의 씨앗은 숨어 있습니다. 시간이 지나면 그 고통은 반드시 모습을 드러냅니다. 쾌락을 좇다 약물에 의존하게 되면 처음엔 황홀하지만 결국 참기 힘든 고통으로 이어지듯이 말입니다. 순간적인 욕망으로 시작된 관계 또한 얼마 지나지 않아 고통의 근원이 되곤 합니다. 우리는 이런 사례를 수도 없이 보고, 겪고, 알고 있습니다.

의식의 차원이 조금만 높아져도 긍정과 부정, 좋음과 싫음, 기쁨과 분노, 이 모든 것은 동전의 양면처럼 보일 뿐, 고통의 본질에서는 하나입니다. 두 가지 모두 나를 마음과 하나로 여기는 의식 상태가 만들어낸 고통의 일부입니다.

고통에는 두 가지 종류가 있습니다. 하나는 지금 이 순간 새롭게 생겨나는 고통이고, 다른 하나는 과거의 고통이 흔적으로 남아 몸과 마음 깊숙이 살아 있는 고통입니다.

그동안의 경험은 마음속에 흔적을 남기고 그 흔적은 과거의 고통과 결합되어 지금의 나를 구성합니다. 이렇게 쌓이고 얽힌 고통은 나의 말투, 반응, 습관, 성격을 형성하고 심지어 내가 어떤 사람이라고 믿는 '자아상'까지 만들어 냅니다.

삶을 나 스스로 선택하고 살아간다고 믿지만 실상은 과거의 고통이 짜 놓은 드라마 속에서 자동으로 반응하며 살아가고 있습니다. 이것이 바로 무의식 상태입니다.

만약 이 부정적인 마음의 구조를 '보이지 않지만 분명히 작용하는 실체'로 느낄 수 있다면, 그리고 그것이 나의 일부가 아니라 독립된 구조라는 걸 인식할 수 있다면, 당신은 진실에 매우 가까이 다가간 것입니다. 그 실체가 바로, 감정적 고통의 에너지 덩어리인 고통체입니다.

고통체에는 두 가지 상태가 있습니다. 하나는 휴면기, 다른 하나는 활동기입니다. 사람마다 다르지만 대부분의 경우 고통체는 삶의 대부분을 휴면 상태로 지냅니다. 그러나 극심한 불행이나 충격적인 상황이 닥치면, 고통체는 전면적으로 활성화되어 의식을 잠식하고 존재 전체를 지배하려 듭니다. 그때 고통체는 자신이 깃든 이 몸조차 파괴의 대상으로 삼게 됩니다. 자살이나 자해 같은 극단적인 선택은 바로 이 상태에서 비롯됩니다.

어떤 사람은 거의 항상 고통체가 활성화된 상태로 살아갑니다. 가까운 사람에게 버림받거나 상실을 겪을 때 또는 신체적·감정적으로 깊은 상처를 입는 순간에도 고통체는 강하게 반응합니다. 고통체는 조건과 상황이 맞으면 언제든 즉시 활성화될 수 있습니다. 특히 과거의 고통 패턴과 유사한 상황에 다시 놓이게 되면 반응은 더욱 격렬해집니다.

이미 깨어날 준비가 된 고통체는 누군가가 무심코 던진 말 한마디에도 반응하며 의식을 단번에 고통의 흐름으로 끌고 갑니다.

✦ 24

남은 감정을 거부하지 않고 바라보기

고통체는 내가 그 고통을 있는 그대로 들여다보고 관찰하는 것을 원하지 않습니다. 그 실체가 드러나면, 마음과 동일시되던 패턴이 깨지고 사라지게 되리라는 걸 알기 때문입니다. 하지만 고통체를 마치 나와 분리된 또 하나의 인격처럼 상상할 필요는 없습니다. 그보다는 마음이라는 구조의 반대편에 놓인 실체로 동전의 양면처럼 이해하는 것이 더 정확합니다.

고통체의 바람과는 달리 그것을 알아차리는 순간 전혀 다른 차원의 의식이 열립니다. 저는 이 상태를 '현존'이라 부릅니다. 지금 이 순간에, 의식이 살아 있는 상태입니다. 현존 속에서는 의식 자체가 고통체의 관찰자가 됩니다. 그 순간 고통체는 더 이상 나인 척 가장하며 나를 조종할 수 없게 됩니다. 마음과 동일시되었던 '나'가 사라지고, 더 이상 에너지를 공급받지 못하게 되는 것이죠. 그 자리에 비로소 내면의 힘이 모습을 드러냅니다.

고통체는 불쾌감을 유발하거나 날카롭게 반응할 때도 있지만, 때로는 파괴적이고 악의적인 형태로 드러나기도 합니다. 신체에 직접 폭력을 가하거나 주변 사람에게 감정적인 폭력을 퍼붓는 경우도 많습니다.

신체적 폭력은 외부에 상처를 남기고 감정적 폭력은 내면에 깊고 오래된 상처를 남깁니다. 두 가지 모두 해롭지만 감정적 폭력은 더 깊은 차원에서 고통을 지속시키는 에너지를 만들어냅니다.

어떤 고통체는 타인에게 해를 끼치고, 어떤 고통체는 자신에게 해를 가합니다. 이런 상태에 놓이면 삶을 바라보는 시선과 감정이 부정적으로 바뀌기 쉽고, 질병이나 사고 또한 이러한 에너지 속에서 자주 발생합니다.

가까운 사람에게 실망하거나, 익숙하다고 생각했던 누군가가 갑자기 낯설고 험악한 얼굴로 나타날 때, 우리는 충격을 받습니다. 하지만 그때야말로 상대를 관찰하기보다 내 안의 고통체가 깨어난 건 아닌지 살펴볼 때입니다.

  불행의 기운이 내면에서 감지된다면 그것은 고통체가 깨어나고 있다는 신호입니다. 그 징후는 짜증, 초조함, 우울감, 상처 주고 싶은 충동, 분노, 갈망, 갈등 등을 일으키고 싶은 욕구로 드러납니다. 따라서 고통체가 휴면 상태에서 깨어나는 순간을 즉시 알아차릴 수 있어야 합니다. 고통체도 다른 모든 존재처럼 생존하려 하며 내가 무의식적으로 동일시할 때마다 에너지를 공급받습니다. 그리고 나를 통해 '나인 척' 살아갑니다.

  고통체는 자신과 비슷한 주파수를 가진 고통을 만들 수 있다면 무엇이든 끌어당깁니다. 그 에너지에 맞는 상황을 현실로 계속 끌어들이는 것이죠.

  고통은 고통을 먹고 삽니다. 기쁨을 먹고 살 수 없습니다. 고통체는 순수한 기쁨을 받아들이지 못하기 때문에 늘 새로운 고통을 만들어냅니다.

그 주체는 피해자이기도 하고 가해자이기도 하며 어느 순간에는 고통을 주고 싶거나, 받고 싶거나, 혹은 둘 다를 원하게 되죠. 그러나 고통을 주는 것과 겪는 것 사이에는 본질적인 차이가 없습니다.

"나는 고통을 원한 적이 단 한 번도 없어." 당신은 이렇게 말할지 모릅니다. 하지만 깊이 들여다보면 나를 위해서든 타인을 위해서든 내 생각과 행동이 계속해서 고통을 유지하려 하고 있다는 걸 알게 됩니다. 이 사실을 진심으로 자각할 때 그 패턴은 비로소 사라지기 시작합니다. 고통을 더 원한다는 것은 분명 미친 짓입니다. 그러나 아무도 스스로 미치기로 작정하고 사는 사람은 없습니다.

에고가 만들어 낸 고통체는 자신의 정체가 드러나는 것을 두려워하기 때문에 내면 의식의 빛을 극도로 꺼립니다. 그래서 고통체를 마주하는 것이 두렵다면, 그 고통체는 계속 살아남습니다. 그 상태를 피하고, 동일시된 채 반복되면 고통은 반복해서 다시 찾아옵니다. 중요한 것은 '내가 고통체와 싸우는 게 아니다'라는 점입니다. 지금 이 순간에 현존할 때, 의식의 빛인 존재가 점점 강해지며 고통체를 자연스럽게 바라보고 사라지게 만듭니다.

고통체를 마주하는 것이 두려울 수 있습니다. 고통은 쉽게 떠오르지만 그 실체를 있는 그대로 바라보는 일은 생각보다 훨씬 더 용기가 필요합니다. 하지만 억지로 돌파하려 하지 않아도 괜찮습니다.

오직 지금, 이 순간의 힘을 따라가면 됩니다. 호흡을 바라보세요. 몸 안 어딘가에 의식을 남겨두고 그 상태로 말하고 듣고 행동하며 살아가 보세요. 이 과정에서 진짜 '나'가 깨어납니다. 내면의 힘은 점점 강해지고, 고통체는 단 하나의 세포만큼의 자리도 차지하지 못하게 됩니다.

관찰자가 되어도 고통체는 한동안 활동을 멈추지 않습니다. 며칠이 걸릴 수도 있고, 몇 달, 심지어 몇 년이 걸릴 수도 있습니다. 하루에도 몇 번씩 이쪽저쪽으로 흔들릴 수도 있습니다. 수천 년간 인류에게 각인된 유전적 의식 패턴을 단기간에 없애는 건 불가능에 가까운 일이니까요.

하지만 그 안에서 고통체와의 동일시를 점차 멈추는 법을 배워갑니다. 고통체는 쉽게 포기하지 않습니다. 마지막까지 발악하며 다시 동일화되기 위해 온갖 속임수를 사용합니다. 더 이상 에너지를 공급하지 않아도, 관성처럼 한동안은 계속 굴러가기도 합니다. 마치 멈춘 자전거 바퀴가 잠시 앞으로 더 나아가듯이요.

이 시기에는 몸의 여기저기에 통증이 찾아올 수도 있지만, 그리 오래가진 않을 겁니다. 이건 의식의 교체기입니다. 그리고 나와 존재 사이가 치열하게 맞부딪히는 시간일 수 있습니다.

지금 이 순간에 머무르세요. 내면을 지키는 수호자로 깨어 있으세요. 고통체를 직접 바라보고, 그 에너지를 있는 그대로 느낄 수 있을 만큼 이 순간에 현존해 보세요. 그렇게 하면 고통체는 더 이상 나를 지배하지 못할 것입니다.

만약 누군가가 나에게 한 일에 분노하며 어떻게 되갚을지를 곰곰이 생각하고 있다면, 그 순간 이미 무의식 상태로 들어간 것입니다. 고통체는 즉시 내가 되어버립니다. 다시 먹이를 주게 되고, 다시 마음과 동일시되는 구조가 작동하게 됩니다. 언제나 분노의 밑바닥에는 고통체가 먼저 자리를 잡고 있다는 걸 기억하세요.

우울감에 빠져 있거나, 부정적인 생각 패턴에 사로잡혀 있거나, 삶이 완전히 잘못됐다고 원망하기 시작하면 무의식 속으로 들어가고 있는 것입니다. 생각은 고통체와 너무나 밀착돼 있어서 그 흐름은 곧바로 무의식으로 전환됩니다. 이제 고통체에게 무방비 상태로 넘어가게 됩니다.

'무의식'이란, 특정한 생각이나 감정 패턴에 휘말린 상태입니다.

마음이 만든 드라마를 나 자신이라 믿고 동일시하는 상태이기도 합니다. 그 순간 관찰자로서의 현존은 사라지고 의식은 지금 이 순간에서 완전히 벗어나 있게 됩니다. 이때 우리는 감정과 생각에 압도 되어 그것을 '나'라고 믿고 그 믿음대로 말하고 행동하며 살아가게 됩니다.

✦ 25

고통을 통찰로 바꾸는 내면의 연금술

지속적이고 의식적인 현존 속에서 마음 안의 고통체를 관찰하면 그 고통체는 나(에고)와의 연결이 끊기며 서서히 용해되어 사라집니다.

처음부터 그것은 진짜가 아니었습니다.
진짜인 존재 의식이 깨어나 그것을 바라보는 순간
마치 꿈에서 깨어나는 것처럼 사라집니다.

이것이 바로 고대로부터 은밀히 전해져 내려온
'연금술'의 숨겨진 비밀입니다.
쇳덩어리를 금으로 바꾸는 것이 아니라
고통을 존재 의식으로 전환하는 내면의 변화.

분열되었던 내면이 하나로 회복되고
의식은 이제 본래의 자리에서 온전히

그 자체로 살아 움직입니다.

이제 우리가 해야 할 일은 단순합니다.
더 이상 새로운 고통을 만들지 않는 것입니다.

내면의 느낌을, 감정을 있는 그대로 바라보세요.
그 감정은 진짜 '나'의 것이 아닙니다.
그것은 거짓된 자아, 고통체가 만들어낸 에너지입니다.

내면의 빛, 즉 존재 의식은 그 모든 감정을 바라보는 관찰자입
니다. 이제 내 안에 고통체가 있다는 사실을 인정하고 그 존재를
받아들이세요. 그러나 그것에 대해 판단하거나 분석하지 마세
요. 그 감정들과 본질적인 '나'는 아무런 관련이 없습니다. 그 감
정과 동일시하려는 자동적인 반응을 멈추고 그저 고요하게 바라
보세요. 지금, 이 순간에 완전히 머무르며 관찰자의 자리에서
깨어 있으세요.

침묵 속에서 살아 있는 힘, 지금 이 순간의 힘을 의식하세요.

존재 의식으로, 이 순간에 깨어 있으세요. 그리고 그 이후에 무슨 일이 일어나는지 지켜보세요.

✦
26

거짓된 나를 떠나 진짜 나로 돌아오기

앞서 설명한 과정은 단순하지만 매우 강력합니다. 어린아이들도 쉽게 익힐 수 있을 만큼 직관적이기에 언젠가 아이들이 이 과정을 학교에서 가장 먼저 배우게 되기를 바랍니다.

이제 내면에서 일어나는 일들의 원리를 이해했다면 그리고 그것을 경험으로까지 받아들였다면, 가장 강력한 내면의 도구 하나를 손에 넣은 것입니다.

그러나 고통체와 하나 되어 살아오던 상태에서 벗어날 때는 의식 안에서 강한 저항을 마주하게 됩니다. 감정적 고통체를 오랫동안 나 자신, 내 삶 그 자체로 믿어왔다면, 그리고 그 고통을 느끼는 데 삶의 감각 대부분을 쏟아왔다면, 그만큼 내면의 저항은 더 거세게 일어날 수밖에 없습니다.

이 말은 결국, 지금까지 고통체를 통해 불행한 자아를 만들고 그것을 '나'라고 믿으며 살아왔다는 뜻입니다. 그리고 에고는 그 정체성을 잃는 것을 본능적으로 두려워합니다. 익숙한 자아를 잃는 것보다, 차라리 익숙한 고통 안에 머무는 쪽을 선택하게 되는 이유가 여기에 있습니다.

이런 상태와 맞서 싸우려 하지 마세요.
저항을 없애려 들지 마세요.
다만 지금 이 순간에 더욱 깊이 머무르세요.
현존이 강해질수록 에고는 점점 힘을 잃게 됩니다.

저항을 지켜보세요.
고통에 집착하는 모습을 알아차리세요.
그 불행 속에 머무르고 싶어하는 기이한 감정을
판단 없이, 아주 조용하게 바라보세요.

그 감정에 대해 말하고 싶거나 생각으로 파고들고 싶은 충동이 올라올 수 있습니다. 그 충동조차 관찰하세요.

그 순간, 저항은 멈춥니다. 그리고 고통체를 있는 그대로 바라보며 목격자로서 현존하게 됩니다. 이것은 오직 나만이 할 수 있는 일입니다. 아무도 대신해 줄 수 없습니다.

다만, 강렬하게 깨어 있는 누군가와 함께할 수 있다면 그들의 현존 상태는 당신의 의식을 더욱 빠르게 비춰줄 수 있습니다.

그들과 함께 머무는 시간은 내면의 변화와 존재의 빛이 깊어지고 강해지는 시간이 됩니다. 마치 막 불이 붙기 시작한 장작을, 활활 타오르는 장작 옆에 두었을 때처럼 말이죠. 타오르고 있던 장작의 열기가 이제 막 불이 붙으려는 장작을 더욱 활활 타오르게 합니다. 이것이 영적 스승의 역할 중 하나입니다.

당신과 함께 있는 동안 강한 현존으로 존재하며 그 자리에 불을 붙이고, 지펴주는 것입니다. 일부 치료자들도 이런 역할을 할 수 있지만 그 역시 마음의 수준을 넘어서 깨어 있는 의식의 공간을 함께 만들어낼 수 있을 때 가능합니다.

그리고 반드시 기억해야 할 사실이 있습니다.
내 존재는 내면에 분명히 있다는 진리입니다.
이 진리는 변하지 않습니다.

고통을 느끼는 '나'는 에고가 만든 자아일 뿐입니다. 그렇기에 고통과 나를 동일시하는 한, 결코 고통에서 자유로울 수 없습니다. 내 의식의 일부를 고통에 쏟는 것, 즉 고통을 붙잡고 분석하거나 그것에 머무는 시도는 치유를 방해하는 행위와 다름없습니다.

왜 그럴까요? 자신을 지키고 싶기 때문입니다. 감정적 고통이 포함된 그 자아, 그 정체성과 하나가 되어 있기 때문입니다. 고통을 놓아버리는 일은, 곧 나를 놓아버리는 일처럼 느껴지기 쉽습니다.

고통을 버리면, 나라는 존재도 사라져 버릴 것처럼 느껴지기 때문입니다. 바로 이 무의식적 저항이 에고를 더욱 단단히 붙들게 만듭니다. 이 과정을 넘어서기 위한 유일한 길은 그것을 아는 것입니다. 의식적으로 보는 것입니다. 내 존재는 의식이며 지금 이 순간에 살아 있는 '현존의 빛'이라는 사실을 명확히 인식하는 것입니다. 그 인식이 모든 허상을 비추게 될 것입니다.

27

지금, 다시 시작할 수 있다는 확신

내가 고통에 집착하고 있었다는 사실을 알아차리는 일은 때로 충격적일 수 있습니다. 그 집착이 여전히 이어지고 있다는 것을 깨달을 때면 더욱 그렇습니다. 하지만 그 사실을 자각하는 바로 그 순간, 감정에 대한 집착은 더 이상 힘을 쓸 수 없게 됩니다.

고통체는 하나의 강력한 에너지로, 마치 내면 안에 독립된 존재처럼 일시적으로 자리 잡습니다. 그것은 막혀버린 삶의 에너지이며 본래는 흐르지 못한 채 갇혀버린 과거의 흔적입니다.

고통체가 생겨난 이유는 분명 과거에 어떤 일이 있었기 때문입니다. 다시 말해 고통체는 내 안에 여전히 살아 있는 '과거의 기억'입니다. 따라서 고통체를 나와 동일시한다는 것은, 과거와 나를 동일시하는 것과 같습니다.

　　이 피해자 정체성은 '과거가 현재보다 더 강하다'는 잘못된 믿음에서 비롯됩니다. 누군가가 내게 했던 말, 했던 행동, 그 모든 것들이 지금의 나를 만들었다고 믿는 것입니다. 그들이 나를 고통스럽게 했고, 그래서 지금의 내가 이렇게 됐다고 여기는 것이죠.

　　그러나 진실은 다릅니다. 진실은 오직 지금, 이 순간만이 존재한다는 거예요. 지금만이 실제입니다. 이 사실을 깊이 깨닫는 순간, 지금 이 마음, 이 감정에 대해 책임질 수 있는 사람은 오직 '나 자신'뿐이라는 것도 알게 됩니다.

　　과거는 지금 이 순간의 힘 앞에 설 수 없습니다. 무의식은 고통체를 만들고, 깨어 있는 의식은 그것을 다시 본래의 상태로 되돌립니다. 이 우주의 진리를 사도 바울은 이렇게 표현했습니다.

"모든 것은 빛을 받아 밝혀지고, 빛에 드러난 것은 결국 그 자체로 빛이 됩니다."

우리는 어둠과 싸울 수 없습니다. 고통체와 싸울 수도 없습니다. 싸우려는 그 시도 자체가 내면에 더 큰 갈등과 고통을 일으킬 뿐입니다. 그것은 고통체를 더 강하게 붙드는 행위입니다.

바라보세요. 단지 바라보는 것만으로 충분합니다.
그 순간 존재의 빛은 고통체를 꿰뚫습니다.

고통체를 바라본다는 것은 그것이 지금 존재하고 있음을 있는 그대로 받아들이는 것입니다. 바라보는 힘, 그 안에 깨어 있는 의식이 이미 변화를 일으키기 시작한 것입니다.

7장

관계, 존재를 깨우는 길
Relationships: The Path to Awakening

사랑했던 마음이
왜 변하나요?
Why Do Loving Feelings Change?

A Life Without Clinging

28

집착과 사랑을 구별하는 눈 갖기

현존하지 않을 때, 인간관계는 특히 가까운 사이일수록 상처를 주고받으며 결국엔 변합니다. 처음엔 모든 게 완벽해 보일 수 있죠. 단점은 잘 보이지 않고 좋은 점들만 눈에 들어오니까요.

남녀 사이, 특히 사랑에 빠졌을 때는 그 느낌이 더 강하게 다가옵니다. 하지만 시간이 지나면서 논쟁이 생기고 갈등과 불만이 쌓이며 감정적인 충돌은 물론 때로는 신체적인 폭력으로까지 번지기도 합니다. 그렇게 한때 좋아 보였던 완벽한 모습은 결국 어김없이 깨지고 맙니다.

많은 애정 관계가 얼마 지나지 않아 사랑과 증오가 뒤섞인 애증의 관계로 흘러갑니다. 한때는 사랑이라 믿었던 감정이 어느 순간, 상대를 향한 분노나 냉소, 공격적인 태도로 바뀌는 거죠. 사람들은 이런 현상을 흔한 일, 정상적인 과정이라고 여깁니다.

하지만 어떤 관계 안에서 사랑한다고 말하면서 동시에 상처를 주는 말이나 행동, 혹은 폭력적인 태도가 함께 따른다면, 그것은 진정한 사랑이 아닙니다. 그 감정은 에고의 집착이나 중독적인 매달림을 사랑으로 착각한 것일 수 있습니다.

사실 그것은 사랑이 아니라 자기 안의 결핍이나 불안, 외로움을 채우기 위한 몸부림일 가능성이 큽니다. 그 순간 상대는 나를 있는 그대로 사랑하는 존재가 아니라 외로운 감정의 허기를 메우기 위해 붙잡고 있는 대상일 수 있습니다.

진정한 사랑은 상대를 통제하거나 조종하려 하지 않습니다. 자기 뜻대로 되지 않는다고 해서 상처를 주거나 갑자기 등을 돌리지도 않습니다. 사랑한다고 말하면서 동시에 분노하거나 공격하는 것. 그것이 어떻게 진짜 사랑일 수 있을까요? 진정한 사랑은 그 자체로 완전한 것이며 상반되는 성질을 함께 품지 않습니다. 안심과 따뜻함, 자유와 존중이 자연스럽게 따릅니다.

만약 내가 누군가를 사랑하고 있다고 느끼는데 그 마음과 동시에 분노, 질투, 소유욕, 불안이 함께 따라온다면, 아마도 그것은 사랑이라기보다는 더 강한 자아 감각을 느끼고 싶은 에고의 욕구일 가능성이 큽니다. 그 순간 상대는 '사랑하는 사람'이 아니라 내 내면의 허기를 채워주는 대상, 도구가 돼버립니다. 상대의 존재 자체가 목적이 아니라 내 결핍을 채워주는 수단이 돼버린 거죠.

상대는 내 고통을 잠시 잊게 해주는 대체물이자, 한동안은 구원자처럼 느껴질 수도 있습니다. 하지만 시간이 지나면서 그 사람이 내 뜻대로 반응하지 않기 시작합니다. 내가 바라지 않는 말이나 행동, 원치 않았던 상황을 만들어내기 시작하는 거죠. 그 순간, 사랑에 도취되어 가려져 있던 내 안의 두려움과 결핍, 오래된 고통이 모습을 드러냅니다. 다른 중독과 마찬가지로 약효가 다한 것입니다.

그때 다시 고통이 올라옵니다. 때로는 이전보다 훨씬 더 강하게 다가옵니다. 그 고통의 원인을 상대에게서 찾지만, 사실 그것은 내 안의 고통체가 바깥으로 투사된 결과입니다. 그 고통은 점점 증폭되어, 결국 분노와 함께 터져 나오기도 합니다.

그렇게 터진 분노는 상대의 고통체까지 자극합니다. 서로의 고통이 부딪히며 관계는 맞대응과 상호 공격으로 이어지죠. 그럼에도 에고는 여전히 기대하고 있습니다. 자신의 공격이나 조종이 상대에게 벌처럼 작용해 그의 행동이 바뀌기를, 그래서 다시 내 고통이 덮이기를 바라는 겁니다. 결국 연애 초기의 황홀감이 사라지고 난 뒤, 또다시 고통이 시작된 것입니다.

이처럼 중독적인 대상이나 관계에서 오는 고통은, 내 안의 고통을 마주하는 일을 회피할 때 시작됩니다. 지금 이 순간을 외면한 채, 끊임없이 외부로부터 어떤 형태의 구원을 찾는 거죠. 그렇게 고통은 반복됩니다. 시작도 고통이고, 끝도 고통입니다. 관계가 고통을 만든 것이 아니라 관계를 통해 내 안의 고통이 드러난 것입니다.

많은 사람이 지금 이 순간에 머무는 걸 두려워합니다. 그 순간 가장 먼저 마주하게 되는 것이 자기 안의 고통이기 때문입니다. 하지만 그 두려움을 넘어 진실을 보게 된다면, 전혀 다른 문이 열립니다.

지금 이 순간에 존재하는 것이 얼마나 자연스러운 일인지, 그 순간 속에서 과거의 상처와 고통이 얼마나 쉽게 녹아내릴 수 있는지, 거짓된 환상 너머로 드러나는 진실이 곧 나라는 존재임을 알게 된다면, 그리고 내 본성이 신성과 얼마나 가까이 있는지를 느낄 수 있다면, 그때 마침내 모든 고통은 끝을 맞이하게 될 것입니다.

고통이 두려워 인간관계를 피하려 해도, 고통은 여전히 '그 자리'에서 나와 함께 있을 것입니다. 3년 동안 세 번의 실연을 겪는 것이, 무인도나 방 안에 틀어박힌 3년보다 더 나를 깨어나게 만들 수 있습니다. 물론 혼자 있을 때에도 깊고 강렬한 현존을 느낄 수 있다면 그것은 분명한 도움이 됩니다.

29
존재로 사랑하는 법 배우기

혼자 살든 파트너와 함께 살든, 관계없습니다. 핵심은 단 하나, 지금 이 순간에 현존하는 것입니다. 사랑을 더 깊고 충만하게 가꾸기 위해서는, 그만큼 더 강렬하게 지금 여기에 있어야 합니다.

'사랑하는 사람'이라는 역할을 넘어,

존재 그 자체로서 자신을 알아차리는 것,

혼란스러운 마음 아래 고요를 인식하는 것,

고통이라는 껍질 안에 본래부터 자리한 나,

곧 사랑과 기쁨이라는 존재를 아는 것,

이 상태로 깨어 있는 것,

그것이 자유이며 구원이자 진정한 깨달음, 사랑입니다.

고통에서 벗어나려면 먼저 그 고통 앞에 '지금 이 순간'을 데려와야 합니다. 현존의 빛이 닿을 때, 고통은 변형되기 시작합니다. 생각과 하나가 되어 있는 상태에서 벗어난다는 건, 반복되는 마음의 패턴이나 에고가 연기하는 역할들을 가만히 바라보는 관찰자로 존재하는 것입니다.

마음을 나 자신으로 착각하지 않게 되면 끊임없이 판단하고, 있는 그대로를 거부하던 습성들이 사라집니다. 그 모든 습성이 갈등을 만들어내던 원인이었습니다. 머릿속에서 상상해낸 허구의 상황들 그로 인해 만들어진 새로운 고통들도 서서히 멈춰갑니다.

있는 그대로를 그대로 보고, 그대로 받아들일 때 판단은 멈추고 마음으로부터 자유로워집니다. 그 자리에 비로소 사랑과 기쁨, 평온과 평화가 들어설 공간이 열립니다.

무엇보다 먼저 해야 할 일은 나 자신에 대한 판단을 멈추는 것입니다. 그러면 자연스럽게 타인에 대한 판단도 멈추게 됩니다.

관계를 바꾸는 가장 본질적인 전환은,
상대를 있는 그대로 받아들이는 데서 시작됩니다.

어떤 평가도 없이, 어떤 변화도 요구하지 않을 때 에고 즉 거짓 자아는 힘을 잃게 됩니다. 심리적 계산, 조건부 사랑, 중독적인 집착에서도 벗어나게 됩니다. 그 순간, 더 이상 피해자도 가해자도 없습니다. 비난하는 사람도, 비난받는 사람도 사라집니다.

이런 관계에서는 더 이상 서로에게 의존하지 않게 됩니다. 상대의 무의식적인 패턴에 끌려 들어가 같은 상황이 반복되는 일도 끝납니다.

멀리 떨어져 있어도 사랑할 수 있고,
더 깊은 존재의 자리에서 함께 머물 수도 있습니다.

그렇게 간단할 수 있냐고요?
네, 그렇습니다. 정말 그렇게 간단합니다.

사랑은 '존재의 상태'입니다. 사랑은 내면 깊은 곳에서, 그 자체로 이미 존재하고 있습니다. 그 사랑은 결코 사라지지 않으며 나를 떠날 수도 없습니다. 왜냐하면 그 사랑은 애초에 외부에 의존하지 않기 때문입니다. 사랑은 '그냥 거기' 있습니다. 내 안에서.

존재의 고요 속에서, 형상도 시간도 없는 나 자신의 본질에 깨어 있을 수 있습니다. 그것은 몸을 살아 있게 하는 비가시적인 생명이며, 그 존재를 깊이 인식하게 되면, 모든 인간 존재와 생명체 안에도 같은 생명이 깃들어 있음을 알아차리게 됩니다.

형상과 이름, 나와 '나 자신'으로 나뉘는 분리를 넘어 우리의 하나됨을 보게 됩니다. 이 하나됨에 대한 인식, 그것이 바로 진정한 사랑입니다.

하지만 현존에 있지 않고 자신의 고통체를 녹일 수 있을 만큼 충분히 강하지 않다면, 마음을 자기 자신과 동일시하는 상태를 벗어나지 못한다면 사랑은 잠시 잠깐 느껴질 수는 있어도 깊고 충만하게 피어나는 일은 일어나지 않습니다.

결국 두 사람 모두의 고통체가 서로를, 그리고 자기 자신을 지배하게 되고 사랑은 점점 옅어지거나 파괴적으로 흐르거나 혹은 조용히 사라지고 말 것입니다.

✦ *30*

관계를 통해 나를 비춰 보기

인간이 점점 더 자기 마음과 동일시하게 되면서 모든 관계는 점점 고통과 갈등의 장이 되었습니다. 지금 당신이 맺고 있는 관계 역시 그렇다면 피하기보다 먼저 그 진실을 있는 그대로 받아들여 보세요. 이상적인 파트너를 찾으며 문제를 해결하려 하거나 만족감을 줄 누군가를 쫓기보다 지금의 현실을 인정하는 것이 진실에 가까운 시작입니다.

현실을 있는 그대로 받아들이면, 그 자체로도 일정한 자유가 생깁니다. 가령, 불화가 있다는 사실을 알아차리고 그 알아차림 상태를 유지하기만 해도 문제는 그대로 반복되지 않을 것입니다.

내가 평화롭지 않다는 걸 알게 될 때, 그 마음을 그대로 인정하면 그 앎은 사랑과 따뜻함으로 고요한 공간을 만듭니다. 평화로운 상태로 자신을 안아 주죠. 상대를 변화시키기 위해 내가 할 수 있는 일은 아무것도 없습니다. 에고의 마음으로는 나도, 상대도 바꿀 수 없습니다. 다만 내가 할 수 있는 것은 변화와 축복이 들어올 수 있는 공간을 내 안에 만드는 일뿐입니다.

이제 나와 상대 사이에 통제되지 않는 감정이 드러나도 반갑게 맞이할 수 있습니다. 그건 무의식에 가려 있던 것이 서로를 통해 드러나는 순간이며 그 사실을 알아차릴 수 있다면, 바로 그 순간이 자유로 이끄는 알아차림의 기회가 됩니다.

모든 순간, 그 순간에 깨어 머물러 보세요.
내 안에 분노가 있다면 그 분노를 바라보고,
질투, 방어적 태도, 논쟁하고 싶은 충동,
옳다고 말하고 싶은 욕구,
사랑과 관심을 요구하는 내면의 아이,
이 모든 감정과 에너지를 있는 그대로 인식해 보세요.
그 알아차림의 상태를 유지하는 것만으로도,
그것들은 점차 녹아내리기 시작합니다.

이렇게 관계는 '사다나', 즉 영적 실천의 장이 될 수 있습니다.

상대가 무의식적으로 행동할 때 내가 그 무의식에 반응하지 않고 사랑과 이해의 눈으로 감싸줄 수 있다면, 나도 더 이상 반응하지 않게 됩니다.

무의식과 알아차림은 오래 공존할 수 없습니다. 상대가 아닌 나만 깨어 있어도 마찬가지입니다. 적대감과 공격의 에너지는 사랑의 현존을 견딜 수 없기 때문입니다. 상대의 무의식에 나도 함께 휘말리면, 나 역시 무의식의 상태로 빠지게 됩니다. 하지만 알아차림 안에 있을 때는 어떤 것도 잃지 않습니다.

지금처럼 인간관계가 문제와 갈등으로 가득한 시대는 없었습니다. 그러나 이미 많은 이들이 느꼈듯이 관계는 결코 우리를 완전하게 하거나 부족한 부분을 채워주지 않습니다. 그것은 애초에 관계의 목적이 아니기 때문입니다. 관계의 진정한 목적은 존재를 깨어나게 하는 데 있습니다. 이 사실을 받아들일 수 있다면 그 자체로 구원을 향해 나아가고 있는 것입니다. 지금 이 세상에 도래한 더 높은 의식과 조화를 이루게 됩니다. 반대로 과거의 고통스러운 관계 패턴에 계속 집착한다면, 고통과 폭력, 혼란과 광기만 더욱 증폭될 것입니다.

　당신의 삶을 영적 실천의 장으로 만드는 데 몇 사람이 더 필요한가요? 배우자가 깨어 있지 않다 해도 상관없습니다. 깨어 있는 의식은 오직 '나'를 통해서만 이 세상에 들어올 수 있습니다. 누군가가 먼저 깨어나길 기다릴 필요도 없습니다. 기다린다면 어쩌면 영원히 기다리게 될지도 모릅니다.

　상대가 무의식적으로 행동할 때 비난하거나 탓하지 마세요.
　다투는 순간 마음과 동일화가 일어나고 방어적인 자의식이 활성화됩니다. 그 순간 에고가 관계의 주도권을 쥐게 됩니다.

　물론 때때로 상대의 행동에 대해 말해야 할 때가 있습니다.
　그럴 때는 에고의 개입 없이, 깨어 있는 상태에서 비난도, 탓도, 정죄도 없이 진실을 조용히 전달하면 됩니다.
　상대가 무의식 상태일 때 모든 판단을 내려놓으세요.
　판단이란 상대의 무의식적인 행동을 그의 본질로 착각하는 것입니다. 혹은 내 무의식을 투사해 상대를 오해하는 것입니다.

판단을 멈춘다는 건 상대를 보지 않는 것이 아니라, 심판하는 이가 아닌 알아차리는 이로 존재하는 것입니다.

그렇게 할 때 나 또한 반응하지 않게 되고 설령 반응한다 해도 곧바로 그 상태를 알아차릴 수 있게 됩니다. 이보다 더 강력한 변화의 기회는 없습니다. '알아차림'은 모든 존재가 있는 그대로 머물 수 있게 해주는 현존의 공간입니다. 내가 이 수행을 지속할수록 상대 또한 무의식 상태에 머무르기 어려워집니다.

만약 서로가 이 관계를 영적 실천의 장으로 만들겠다고 동의할 수 있다면 그보다 더 큰 축복은 없습니다. 생각이나 감정을 즉시 솔직하게 표현할 수 있게 되며 서로에게 쌓이는 불만이나 억눌린 감정도 자연스럽게 줄어들 것입니다.

비난하지 않고 감정을 표현하는 법을 배우세요.
참거나 억누르지 않으면서, 끝까지 듣는 법을 배우세요.
상대가 편안하게 말할 수 있는 공간을 내어 주세요.
그렇게 되면 더는 방어적이고 공격적인 대화가 필요 없어집니다. 사랑은 그런 공간이 있어야만 자랄 수 있습니다.

만약 관계 안에 고통체가 작동하지 않고 서로가 더 이상 마음과 동일시되지 않는다면, 그 관계는 어떻게 바뀔까요? 만약 상대 또한 깨어 있기를 선택한다면 어떻게 될까요? 서로가 에고의 결핍이나 중독을 채우려는 수단이 아닌 내면 깊은 곳에서 우러나오는 사랑으로 연결된다면요? 그리고 그 사랑이, 단지 서로에게만이 아니라 모든 존재에게 닿아 있음을 알아차리게 된다면요?

그것은 대립이 없는 사랑, 상실과 조건, 외적 형태에 흔들리지 않는 존재 그 자체에서 피어나는 사랑입니다. 나는 자유롭지만, 상대가 여전히 무의식에 머물러 있다면 그 관계는 나보다 상대에게 더 큰 도전이 될 것입니다. 왜냐하면 깨어 있는 사람과 함께 사는 일은, 에고에게는 견디기 어려운 일이기 때문입니다. 에고는 자신이 분리된 존재라는 거짓 정체성을 유지하기 위해 늘 갈등과 문제, 적을 필요로 합니다. 그런데 더 이상 반응이 없고 갈등이 사라질 때, 에고는 혼란을 느끼기 시작합니다. '나'라는 입장이 흔들리고 심지어 완전히 무너질 수 있다는 위협을 느끼게 됩니다. 고통체는 반응을 원하지만 더 이상 먹잇감을 얻지 못합니다. 논쟁도, 드라마도, 갈등도 이제는 반복되지 않기에 힘듭니다.

✦ 31

가면을 벗고 진짜 나로 관계 맺기

깨어 있든 그렇지 않든, 우리는 남자이거나 여자입니다. 형태의 차원에서는 누구도 완전한 존재가 아닙니다. 우리는 전체의 반쪽이며 이 불완전함은 남녀 간의 끌림으로 드러납니다. 서로 다른 에너지의 극성에 이끌리며 관계를 맺고자 하죠.

의식적으로 깨어 있다고 해도 이 이끌림은 여전히 존재합니다. 하지만 그 끌림은 삶의 중심이 아니라 삶의 표면 어딘가에서 일렁이는 작은 움직임일 뿐입니다. 그렇다고 다른 사람과 깊이 연결될 수 없다는 뜻은 아닙니다. 오히려 존재의식에 깨어 있을 때 진정으로 깊은 관계를 맺을 수 있습니다. 존재에서 비롯된 관계는 겉모습을 넘어서, 형태 너머를 바라보게 해 줍니다. 존재 차원에서는 여성과 남성이 분리되지 않으며 둘이 아닙니다.

형태로서 나는 여전히 어떤 필요를 느낄 수 있습니다. 하지만 존재의 차원에서는 어떤 결핍도 없습니다. 존재는 언제나 이미 완전하기 때문입니다. 형태로서도 필요가 채워진다면 그 보다 아름다운 일이 없겠지만, 채워지지 않더라도 내면의 평화는 여전히 흔들리지 않습니다.

그래서 깨어 있든 아니든, 남성성과 여성성이라는 에너지의 균형이 외적으로 채워지지 않을 때조차 겉으론 결핍처럼 느껴질 수 있어도, 존재는 충만하고 평화롭습니다.

하지만 만약 혼자 있을 때 편하지 않다면 그 불편함을 해소해 줄 누군가를 찾게 될 것입니다. 그렇게 만난 관계는 결국 다시 그 불편함을 드러내게 됩니다. 이번에도 그 원인을 또다시 상대에게서 찾게 되겠죠.

정말 필요한 건 단 하나입니다. 지금 이 순간을 온전히 받아들이는 것. 그때 비로소 현재의 자리가 편안해지고, 나 혼자 있는 시간조차 자연스럽게 느껴집니다.

그런데 애초부터 왜, '나와 함께 있을 때 편해야 한다'는 조건이 생겼을까요? 왜 '나 자신과의 관계'라는 말이 필요할까요? 그저 '나 하나'일 수는 없을까요?

이제 진실을 바라볼 필요가 있습니다. '나 자신과 관계를 맺는다'는 건, 나를 둘로 나누고 있다는 뜻입니다. 지금껏 우리는 그렇게 둘로 나뉘어 살아왔습니다. '나(I)'와 '나 자신(Myself)' 주체와 객체로 나뉜 이 내면의 이중성, 이 정신적 분열이 바로 에고의 작용입니다. 이 이중성이야말로 인간의 삶에 끊임없는 문제를 만들어온 가장 근본적인 원인입니다.

에고가 만든 거짓된 마음의 세계는 삶을 복잡하게 만들고, 수많은 갈등과 혼란을 만들어냅니다. 삶은 복잡하지 않습니다. 단지 지금 이 순간, 여기에 깨어 있으면 됩니다.

호흡을 가다듬고, 몸 안에 살아 있는 생명의 감각에 의식을 가져오세요. 존재로 돌아오세요. 존재로 깨어 있는 상태에서는 '나'와 '나 자신'이 더 이상 나뉘지 않습니다. 그저 내가 곧 나 자신이 됩니다.

그때 나는 나를 정죄하지도, 판단하지도 않습니다.
불쌍히 여기거나, 자랑스러워하지도 않습니다.
증오하거나 애착하지도 않습니다.

내가 한 행동에 대해 스스로 평가하고 그 평가로 나를 나누는 일도 더 이상 없습니다. 그 모든 내적 분열이 사라지면, 지켜내고 방어하고 채워야 할 '자아'(에고)도 함께 사라집니다. 나 자신과의 관계가 사라지는 그 순간, 내가 맺는 모든 관계는 사랑이 됩니다.

지금 이 순간을 온전히 받아들이고,

그 안에 깊이 머무를 때

과거는 더 이상 아무런 힘도 가질 수 없습니다.

그동안 생각에 가려져 있던

존재의 영역이 열리고,

갑작스레 내 안에서

경계 없는 고요가 솟아오릅니다.

A Life Without Clinging

그 고요 속에 말로 표현할 수 없는 평화가 피어나고,

그 평화 안에서 크나큰 기쁨이,

형언할 수 없는 사랑이 함께 열립니다.

그리고 그 가장 깊은 중심에는

이름 붙일 수 없는 신성한 그 무엇,

잴 수 없고, 헤아릴 수 없는

존재 그 자체가 고요히 깃들어 있습니다.

A Life Without Clinging

8장

아무것도 붙잡지 않을 때,
존재는 말없이 빛난다

When We Hold Onto Nothing, Being Shines Silently

진정한 평화는 어디에 있나요?

Where can true peace be found?

A Life Without Clinging

32

붙잡지 않을 때 오는 자유를 느끼기

삶에는 모든 것이 잘 풀리는 시기가 있는가 하면, 무엇 하나 뜻대로 되지 않아 무너지고 위축되는 시기도 있습니다. 하지만 새로운 것은 언제나 이전 것이 사라진 다음에야 찾아옵니다. 하나의 주기가 끝나야 다음 흐름이 시작되는 법이니까요. 삶은 늘 상승과 하강의 리듬 속에서 움직입니다.

문제는 그 흐름 중 어떤 시점을 붙잡고 그 상태를 유지하려 애쓴다는 데 있습니다. 변화를 받아들이기보다 버티려 할 때, 삶 전체의 흐름을 거스르게 되고 그로 인해 고통이 시작됩니다. 그러나 무너짐과 해체의 과정 없이는 새로운 성장이 일어날 수 없습니다.

특히 하강의 시기는 영적인 눈으로 보면 매우 중요한 시기일 수 있습니다. 어쩌면 당신은 그런 상실을 겪었기에 지금 이 차원에 더 깊이 이끌리고 있는지도 모릅니다. 또는 겉으로는 성공했지만 그 안이 공허하고 무의미하게 느껴졌다면, 그것은 실패가 아니라 깨어남의 문일 수도 있습니다.

이 형상의 세계에서 누구든 언젠가는 실패를 경험하게 됩니다. 모든 성취는 결국 사라지고 형상은 언제나 변하기 마련이니까요.

하지만 그렇다고 삶을 외면할 필요는 없습니다. 그 상황에서도 여전히 창조할 수 있고 새로운 형식을 만들며 그 안에서 기쁨을 누릴 수 있습니다. 다만 이제는 알게 되죠. 그 모든 것은 삶 자체가 아니라 삶을 둘러싼 '상황'일 뿐이라는 것을요. 진짜 삶은 그 어떤 형상에도 동일시되지 않는 존재로서의 나입니다.

삶의 주기는 크고 작은 흐름이 겹쳐 움직입니다. 몇 시간 안에 지나갈 수도 있고 몇 년간 이어지는 것도 있죠. 그 안에는 더 미세한 순환이 복잡하게 맞물려 있습니다. 특히 에너지가 축소되는 삶의 하강 주기가 찾아올 때 억지로 버티고 밀어붙이려 할수록 몸은 조용히 멈춤을 요청합니다. 질병이 찾아오는 것도 그 신호 중 하나입니다.

삶은 회복과 재정비가 필요하다고 말하고 있는 겁니다. 이런 하강의 시기를 받아들이기 어려운 건, 여전히 마음과 자신을 동일시하고 있기 때문입니다. '무언가 해야 한다'는 강박, 성과와 인정으로 자기를 증명하려는 충동은 깨어 있지 않은 마음에서 비롯된 습관입니다.

그 흐름을 놓지 못할 때 몸이 나 대신 멈춰 주려 합니다. 그래서 질병이나 탈진, 무기력 같은 방식으로 삶이 나를 쉬게 하기도 합니다.

마음은 어떤 상태를 '좋다'고 판단하는 순간 그 상태에 집착하게 되고 자신을 그것과 동일시하기 시작합니다. 관계, 재산, 지위, 지금 내 몸 상태 같이 것들이 나를 기분 좋게 만들면 어느새 그것이 '나'의 일부가 돼버리는 것이죠.

하지만 세상의 모든 형상은 변합니다. 어제 좋았던 것이 오늘은 고통이 되고, 어제의 풍요는 오늘의 공허로 소비로 바뀝니다.
사랑으로 시작된 결혼은 이혼이나 무기력한 동거로 바뀌기도 합니다. 어떤 조건이 사라질 때 그 '없어짐' 자체가 고통의 이유가 되기도 합니다.

마음은 사라진 것을 붙잡으려 애쓰고, 그 저항 속에서 고통은 깊어집니다. 그 고통은 때로, 몸 찢겨나가는 듯한 아픔처럼 느껴질 수도 있습니다. 하지만 결국 행복과 불행이 서로 다른 것이 아닙니다.

지금 이 순간을 살지 못할 때, 마음은 시간이라는 틀을 통해 상황을 좋고 나쁜 것으로 나누기 시작합니다. 그 판단이야말로 고통의 뿌리입니다. 사실 상황 자체엔 좋고 나쁨이 없습니다. 그

건 전적으로 마음의 해석이 만들어낸 개념일 뿐입니다.

삶에 저항하지 않는다는 건, 지금 이 순간에 충만하게 머무른
다는 뜻입니다. 일이 잘 풀리든 그렇지 않든, 조건이 어떻든 내
면이 크게 흔들리지 않게 됩니다. '삶이 꼭 어떤 모습이어야 한
다'는 전제가 사라지기 때문입니다.

아이러니하게도 형태에 대한 내적인 의존이 사라진 뒤에는
삶의 외적 조건들이 점점 자연스럽게 풀려가기 시작합니다. 예
전엔 행복을 위해 반드시 필요하다고 믿었던 것들, 사람, 물건,
상황이 이제는 애쓰지 않아도 저절로 찾아오고 그것들을 집착
없이 누리며 진심으로 감사할 수 있게 됩니다.

물론 그것들도 다시 지나갑니다. 삶의 주기는 계속 순환하고
형상은 끊임없이 변합니다. 하지만 그 변화 속에서도 두려움이
더 이상 발붙이지 못하게 됩니다. 이제는 압니다.

나는 그것들이 아니라, 그 모든 것을 바라보는 존재라는 것을.

외적인 것으로부터 오는 행복은 본질적으로 얕습니다. 그것은 존재의 기쁨, 즉 저항하지 않는 상태에서 피어나는 내면의 생생한 평화를 잠시 비추는 그림자일 뿐입니다. 존재는 우리를 그 이분법 너머로 데려갑니다. 형태에 대한 의존을 넘어서 지금 이 순간, 있는 그대로의 나로 살아가도록 이끌어 줍니다.

설령 삶이 무너지고, 모든 조건이 사라진다 해도, 내 안에는 여전히 고요하고 단단한 중심이 남아 있을 것입니다. 그 순간, 나는 비록 '행복'하지는 않을지라도 불완전한 현실 속에서 분명한 평화를 느끼게 될 것입니다.

33

놓아버림과 받아들임 사이에서 깨어 있기

내면의 저항은 언제나 부정적인 감정의 형태로 드러납니다. 그리고 그 모든 부정성은 곧 저항이기도 하죠. 이 문맥에서 저항과 부정성은 거의 같은 말이라고 할 수 있습니다.

부정적인 감정은 아주 사소한 짜증이나 조급함에서부터, 격한 분노, 억눌린 원망, 우울함, 그리고 극단적인 절망에 이르기까지 다양한 얼굴로 나타납니다. 이러한 저항이 감정의 고통체를 자극하면, 작은 자극에도 격렬한 반응이 일어나고 깊은 슬픔이나 분노가 갑작스럽게 폭발해버리기도 합니다.

그 감정에 자신을 동일시할 때 우리는 그것을 놓지 못하게 됩니다. 무의식 깊은 곳에서는 심지어 긍정적인 변화조차 원하지 않게 됩니다. 왜냐하면 그 변화는 '우울한 나', '화난 나', '상처받은 나'라는 마음이 붙잡고 있던 정체성을 위협하기 때문입니다. 그 정체성이 무너지면 자신이 누구인지조차 불분명해질 수 있기 때문입니다.

이런 동일시는 삶에 찾아온 긍정적인 가능성조차 부정하거나, 스스로 망쳐버리는 방식으로 나타나기도 합니다. 그 반응은 흔하지만 사실은 무의식의 착각에서 비롯된 것입니다. 지금 주변의 식물이나 동물을 가만히 바라보세요. 그들은 말없이 삶을 가르칩니다.

지금 이 순간에 온전히 머무는 법,

있는 그대로 받아들이는 법,

'나'와 '나 자신'으로 나뉘지 않고 하나로 존재하는 법을요.

그들은 꾸미지 않습니다.

분열되지 않습니다.

그저 자신으로 살아갑니다. 그리고 삶과 죽음을 있는 그대로 받아들이는 자유를 보여줍니다.

반복되는 부정적인 감정도 하나의 메시지입니다. 삶의 방향을 바꾸라는 신호일 수 있습니다. 하지만 의식의 변화 없이 일어난 변화는 겉모습만 바뀌었을 뿐, 감정의 뿌리는 여전히 남아 있게 됩니다.

해답은 단 하나입니다. 지금 이 순간에 더 깊이 머무는 것. 현존의 상태가 충분히 깊어지면, 더 이상 '무엇이 부족한지를 알려주는 감정'이 필요하지 않게 됩니다. 하지만 아직 부정적인 감정이 남아 있다면, 그건 조금 더 깊이, 지금 여기에 깨어 있으라는 신호입니다. 내면에서 부정적인 감정이 올라올 때마다, 이렇게 말하는 듯한 내면의 속삭임을 떠올려 보세요.

"지금이야.

여기야.

깨어나.

생각에서 나와.

지금에 있어."

아주 사소한 짜증이라도 가볍게 넘기지 마세요. 그 감정은 반드시 인식되고, 관찰되어야 합니다. 관찰된 감정은 사라지기 시작합니다. 그 감정을 바라본 뒤, 길게 숨을 내쉬어 보세요. 그 단순한 호흡조차도 다시 나를 지금 이 순간으로 데려다줄 수 있습니다.

충분히 바라본 뒤에는, 그 감정이 옅어졌거나 완전히 사라졌음을 느끼게 될 것입니다. 점점 쉬워집니다. 모든 감정을 같은 방식으로 바라보고 녹여낼 수 있게 되죠. 그 순간, 에고의 감정을 녹여 없애는 열쇠를 갖게 된 것입니다.

반대로 관찰되지 않은 감정은 내면에 쌓여 고통의 덩어리로 굳어지게 됩니다. 중요한 건, 깊이 분석하거나 판단하는 것이 아니라 그저 조용히 바라보는 일입니다. 판단 없이 마음을 열고 지켜보는 것. 그것이면 충분합니다.

놓아버리기가 어렵다면 자신이 투명해졌다고 상상해 보세요. 그러면 외부 자극은 당신 안에 머무르지 못하고 자연스럽게 통과해 흘러가게 됩니다.

이 연습은 아주 사소한 것부터 시작하는 게 좋습니다. 예를 들어 집에서 쉬고 있는데, 갑자기 밖에서 날카로운 경적 소리가 들려옵니다. 그 순간, 짜증이 올라옵니다.

그런데 이 짜증의 목적은 뭘까요? 사실 아무 목적도 없습니다. 그럼 왜 짜증이 났을까요? 그건 내가 짜증을 낸 것이 아니라, 내 마음이 짜증을 낸 것입니다. 그 반응은 완전히 무의식적이고 자동적입니다.

왜냐하면 마음은 '저항하면 상황이 사라질 것'이라고 믿고 있기 때문입니다. 그러나 그것은 전혀 사실이 아닙니다. 오히려 저항은 더 큰 불편과 혼란을 내면에 남깁니다. 결국 소음보다 더 괴로운 건 마음의 저항입니다. 언제나 상황 그 자체보다 그 상황에 대한 마음의 반응이 더 괴롭습니다.

그러니 어떤 상황이든, 그것을 깨어 있음의 계기로 바꿔보세요. 짜증, 분노, 불편함, 그 어떤 저항이라도 그 감정을 바라보는 바로 그 순간, 깨어 있는 실천이 시작됩니다.

자동차 경적, 개 짖는 소리, 아이들 울음, 교통 체증, 혹은 '이런 일은 일어나지 말았어야 해'라고 느끼는 모든 상황까지, 그 모든 것을 그냥 통과하게 두세요. 저항하지 않고 막지 않고 그저 흘러가게 두는 것입니다. 바로 그 순간, 내면의 고요가 깨어나기 시작합니다.

누군가가 무례한 말을 하거나 상처 주는 말을 할 때, 무의식적인 반응은 곧바로 맞받아치거나, 방어하거나 마음을 닫는 것입니다. 하지만 그 말을 저항 없이 나를 통과하도록 둬보세요. 마치 상처받을 '누군가'가 거기 없다는 듯이. 바로 그 상태가 용서입니다.

그렇게 존재할 때 나는 상처받을 수 없는 존재, 좌절에 휘둘리지 않는 의식의 자리에 있게 됩니다. 물론 원한다면 그 사람에게 그의 '행동을 받아들일 수 없다'고 분명히 말할 수 있습니다. 그러나 그가 나의 내면 상태까지 좌우할 수는 없습니다. 내면에 힘이 있는 상태로 에고의 개입 없이 사실만 전했기 때문입니다.

이제 나는 더 이상 누구의 통제 아래 있지도 않고, 자신을 조정하려는 마음의 반응 패턴에도 휘둘리지 않습니다. 경적이든 무례한 말이든, 재난이든, 상황의 종류는 달라도 마음이 저항하는 방식은 언제나 같습니다.

아직도 무엇인가를 밖에서 찾고 있나요?
'찾는 그 상태'에서 벗어나지 못하고 있지는 않나요?
"이번 워크숍은 뭔가 특별할 거야."

"이번 방법이야말로 진짜일 거야."

이렇게 계속 다음 걸 기대하고 있다면 이말을 꼭 기억해 보세요.

평화를 찾아 헤매지 마세요.

지금 이 순간이 아닌 다른 상태를 바라지 마세요.

그 순간부터, 내면에서는 갈등이 일어나고 무의식적인 저항이 시작됩니다. 지금 평화롭지 못한 자신을 용서하세요.

그 상태 그대로를 인정하는 순간, 조용히 평화로 바뀌기 시작할 것입니다. 무엇이든 온전히 받아들이기만 하면, 그것이 곧 나를 평화로 이끕니다. 그것이 바로 '항복'이 일으키는 기적입니다. 지금, 있는 그대로를 받아들이는 순간, 모든 순간은 가장 좋은 순간이 됩니다. 그것이 깨달음입니다.

34

반응하지 않는 자비를 실천으로 드러내기

마음이 만들어낸 모든 대립을 넘어서는 순간, 나는 마치 깊은 호수와 같은 상태에 이릅니다. 삶의 외적 상황에서 무슨 일이 일어나든, 그것은 호수 표면에서 일어나는 일에 불과합니다. 표면은 때로는 고요하고 때로는 바람에 일렁이며 거칠어질 수 있지만 그 깊은 아래, 호수는 항상 흔들리지 않으며 고요합니다. 나는 이제 호수의 표면이 아니라 호수 전체입니다. 그 고요한 내면의 깊은 나와 연결된, 변하지 않는 본질입니다.

호수의 표면이 아니라 호수 전체로 살아갑니다. 변하지 않는 내면의 깊이 그 존재와 연결된 진짜 나로 머무르게 됩니다. 이 상태에서는 어떤 상황이 일어나도 정신적으로 얽매이지 않고 변화에 저항하지 않게 됩니다. 내면의 평화는 외부 상황에 달려 있지 않기 때문입니다. 존재는 시간과 죽음을 초월하며, 변하지 않는 본질 속에 머물러 있기 때문입니다.

더 이상 외부 세계의 성취나 인정에 의존하지 않게 됩니다. 그러면서도 외부에서 벌어지는 모든 변화는 여전히 즐길 수 있습니다. 그들과 놀이하듯 어울리고, 새로운 형상을 창조하고, 그 안에 깃든 아름다움과 경이로움을 감상할 수 있습니다. 하지만 이제는 그 어떤 것에도 집착할 필요를 느끼지 않게 됩니다.

내 존재를 자각하지 못하는 한, 나는 다른 사람의 진짜 모습을 볼 수 없습니다. 그저 상대의 겉모습, 생각, 성격 같은 것에 반응하고 호감을 갖거나 거부감을 갖게 될 뿐이죠. 진정한 관계는 존재의 자각이 있을 때에만 가능합니다.

존재로 세상을 바라보면, 상대의 몸과 마음은 마치 그 사람의 진짜 모습을 가리고 있는 얇은 화면처럼 느껴집니다. 그 너머에 있는 실재, 그 사람의 본질을 마치 내 존재를 느끼듯 직접 알아차리게 됩니다.

그래서 누군가의 고통체나 무의식적인 행동을 마주해도 나는 지금, 이 순간에 깨어 있는 상태를 유지한 채 그의 외형 너머를 바라보고 그 안에 맑고 빛나는 존재가 있다는 걸 느낄 수 있습니다.

존재의 차원에서는 모든 고통이 환상임을 알아차리게 됩니다. 고통은 언제나 형상에 나를 동일시할 때 생겨나는 것임을 알게 되죠. 이 자각이 일어나는 순간, 때때로 내면의 고통이 사라지는 깊은 치유의 기적이 일어나기도 합니다. 준비된 사람이라면 이 순간이 존재의식이 깨어나는 계기가 될 수도 있습니다.

자비심(연민)이란 나와 모든 생명이 본질적으로 연결되어 있다는 자각입니다. 다음에 누군가를 보며 '저 사람과는 정말 아무 공통점도 없어'라고 느껴진다면 이 사실을 떠올려 보세요. 나와 그 사람은, 결국 같은 운명을 지닌 존재라는 사실을요. 2년 후든 70년 후든, 언제인지와는 상관없이 두 사람 모두는 언젠가 시신이 되고, 먼지가 되고, 결국은 사라질 것입니다.

이 자각은 교만을 누그러뜨리고 삶과 타인을 대하는 태도에 자연스러운 겸손을 불러옵니다. 이 사실이 부정적인 걸까요? 아닙니다. 그저 사실일 뿐입니다. 이 점에서 보면 나와 모든 생명체는 본질적으로 완전히 평등합니다.

가장 강력한 영적 수행 중 하나는 자신의 육체를 포함한 모든 형상 있는 것들의 '죽음'을 깊이 명상하는 것입니다. 이를 '죽기 이전의 죽음'이라고 부릅니다.

그 안으로 깊이 들어가 보세요. 나의 물질적 형상, 기억, 과거 전체가 서서히 사라지고 사라지다가, 마침내 모든 생각과 마음마저도 사라지는 순간이 찾아옵니다. 그런데도 나는 여전히 그곳에 있습니다.

그것이 바로 나의 본질, 신성한 현존입니다.

완전히 깨어 있으면서도 아무것에도 가려지지 않은 진정한 나. 진정한 것은 결코 죽지 않습니다. 죽는 것은 이름과 형상, 그리고 에고뿐입니다.

이 깊은 차원에서의 연민은 가장 넓은 의미의 치유가 됩니다. 이 상태에서는 어떤 행동보다 존재 그 자체로써 치유의 힘을 지닙니다. 나와 마주하는 모든 사람은 그것을 자각하든 그렇지 않든, 내 안에 머무는 평화와 연결됩니다. 그리고 나로부터 발산되는 고요함 속에 자연스레 물들게 됩니다.

내가 완전히 현존하고 있을 때, 다른 사람이 무의식적인 행동을 하더라도 거기에 반응할 필요를 느끼지 않게 됩니다. 반응하지 않음으로써 그 행동에 현실성을 부여하지 않게 되는 것이죠.

내 안의 평화는 너무도 깊고 넓어서, 그 평화가 아닌 것은 애초에 존재하지 않았던 것처럼 자연스럽게 사라집니다. 이렇게 행동과 반응으로 이어지던 모든 업보의 고리는 조용히 끊어집니다.

심지어 동물들, 나무들, 꽃들조차도 내가 머무는 평화에 반응합니다. 그 어떤 가르침 없이도, 존재 그 자체로 말하게 됩니다. 신의 평화를 드러내는 존재로서, 나는 말없이 세상에 가르침을 전하게 됩니다. 그 순간, 나의 존재는 세상의 빛이 됩니다. 순수한 의식이 흘러나오는 하나의 통로로서 나는 고통의 근원을 밟고 지나가며 세상에서 무의식을 걷어내는 빛이 됩니다.

9장

저항을 내려놓을 때,
삶은 자연스럽게 변하기 시작한다

When We Release Resistance,

Life Begins to Transform Naturally

내가 아직도 고통 속에
머무는 이유는 무엇인가요?

Why am I still dwelling in pain?

A Life Without Clinging

35

진짜 내려놓았는지 스스로 점검하기

이제 우리는 알게 됐습니다.

지금 이 순간의 의식의 질이, 삶의 질을 결정짓는 열쇠라는 것을요. 그리고 온전한 내맡김(받아들임)이 그 무엇보다도 중요하다는 사실도 함께 알게 되었습니다.

내맡김은 어떤 행동보다 앞서야 할 진정한 내면의 연금술입니다. 왜냐하면 인간을 깊은 축복으로 연결하는 전적인 긍정은 오직 내맡김 속에서만 가능하기 때문입니다.

하지만 오해하지 마세요.

내맡긴다는 것은 그냥 지도록 내버려 두는 것도 아니고, 도전에 맞서지 않는 것도 아닙니다. 무언가를 포기하거나 무기력하게 그냥 흘러가게 두는 걸 뜻하지도 않아요. 진짜 내맡김은 그런 수동적 상태와는 전혀 다릅니다.

아무것도 하지 않고 받아들이는 것도 아니며,
목표나 계획을 세우지 말라는 뜻도 아닙니다.
중단하거나 멈춰야 한다는 말도 아닙니다.

내맡김이란, 삶에 순응하는 아주 단순하면서도 깊은 지혜입니다. 삶은 언제나 지금 이 순간에만 존재하기에, 진정한 내맡김이란 어떤 조건도 의심도 없이 지금 이 순간을 있는 그대로 받아들이는 것을 뜻합니다.

있는 그대로를 받아들이고 그에 맞서 일어나는 내면의 저항을 모두 내려놓는 것이죠. 여기서 말하는 저항이란 지금 이 순간을 판단하거나, 부정하거나, 거부하려는 태도입니다.

특히 어떤 일이 '잘못된 것 같다'는 느낌이 들 때 저항은 훨씬 더 강하게 일어납니다. 그 순간, 내가 원하는 것과 실제로 일어나는 것 사이에 간극(틈)이 생기기 때문입니다. 그리고 바로 그 간극이, 고통의 근원입니다.

어느 정도 인생을 살아본 사람이라면 알게 됩니다. 세상이 내 계획대로 흘러가지만은 않는다는 걸요. 그럴 때 우리는 고통을 느끼고 슬픔이 그 위에 덧붙여집니다. 바로 그때가 내맡김이 가장 필요한 순간이에요.

이건 상황을 포기하는 게 아닙니다. 지금 이 순간을 있는 그대로 받아들이는 거예요. 삶이 저항 없이 흐를 수 있도록 그 흐름을 막지 않고 허용해 주는 것입니다.

저항하는 힘 바로 그게 '마음'입니다. 지금 이 순간을 거부하고 판단하게 만드는 것도 바로 그 마음이죠. 하지만 그 마음이 일으키는 저항을 알아차리고 바로 그 자리에서 지금 이 순간을 받아들이면 우리는 생각의 상태를 넘어 존재와 연결되기 시작합니다. 내맡김은 전적으로 내면에서 일어나는 현상이에요. 그렇다고 해서 겉으로 아무 행동도 하지 못하거나 아무것도 하지 않는다는 뜻은 아닙니다. 상황을 바꾸기 위한 외적인 행동은 언제든 가능합니다.

'항복'이라는 말을 너무 거창하게 받아들일 필요는 없어요. 그걸 인생 전체나 삶 전체, 혹은 지금 이 상황 전체에까지 확대해서 해석할 필요도 없고요. 내맡김이란 그저 지금 이 순간이라는 아주 작은 한 조각을 있는 그대로 받아들이는 것입니다.

내맡김은 체념이 아닙니다. 진흙탕에 빠졌다고 해서 '이제 난 여기서 그냥 살아야 하나 보다' 하고 포기하는 것도 아니고 원하지 않는 상황을 억지로 받아들이는 것도 아닙니다. 억지로 참고 눌러가며 '이건 아무것도 아니야' 하고 스스로를 달래는 것도 아니에요.

내맡김이란 '지금 이 상황에서 벗어나고 싶다'는 마음을 그대로 인정하는 것에서 시작됩니다. 그러고 나서 그 상황에 대한 온갖 판단과 해석은 조용히 내려놓고 오직 지금 이 순간, 지금 여기에 주의를 모읍니다. 지금 이 순간에 대해 어떤 판단도 하지 않는다는 뜻이에요. 그 순간엔 저항도 없고 감정적인 부정도 없습니다. 그저 이 순간을 존재로서 받아들이는 것이죠. 이제 상황에서 벗어나기 위해 필요한 행동을 하면 됩니다.

감정을 앞세우기보다는 있는 그대로 상황을 마주하고 내가 원하는 방향으로 조용히 행동을 옮기는 것, 바로 거기서 진짜 변화가 시작됩니다.

저는 이런 걸 '긍정적 행동'이라고 부릅니다. 이런 행동은 분노나 절망, 좌절감에서 비롯된 '부정적 행동'보다 훨씬 더 깊고 실제적인 변화를 이끌어냅니다. 원하는 결과에 이르기 전까지는 지금 이 순간에 어떤 판단도 덧붙이지 말고 그저 내맡김의 태도를 계속 실천해 보세요.

이건 마치, 안개 자욱한 밤길을 걸을 때 성능 좋은 손전등을 들고 있는 것과 같습니다. 그 손전등은 안개를 뚫고 좁고 또렷한 빛으로 앞을 밝혀줍니다.

여기서 안개는 삶 속에서 마주하는 수많은 상황과 문제들을 뜻하고 그 손전등은 지금 이 순간에 깨어 있는 '현존'을 의미합니다. 그리고 빛으로 드러나는 밝고 환한 공간. 그것이 바로 지금 이 순간이에요.

내맡김 없는 상태에서는 마음속 심리적 형태가 점점 더 단단하게 굳어갑니다. 즉, 자아의 껍질이 점점 더 두꺼워지는 것이죠. 그렇게 되면 우리는 세상과 점점 더 단절되고, '나는 분리된 존재다'라는 인식을 더 깊이 품게 됩니다. 특히 사람들과의 관계에서는 작은 말 한마디에도 예민하게 반응하게 되고, 상대의 표정이나 말투 하나하나에 지나치게 의미를 부여하며 과도하게 해석하게 됩니다.

안에서 무의식적으로 거절이나 위협의 조짐을 먼저 찾게 되는 거예요. 그렇게 생겨난 경계심은 곧 두려움으로 바뀌고, 사람들과의 관계는 자연스러운 연결이 아니라 끊임없는 방어와 심리적 거리 두기로 채워지게 됩니다. 결국 주변 세계와 사람들 모두가 점점 더 위협적인 존재처럼 느껴지게 되죠.

    남을 판단하는 순간, 무의식적으로 그를 깎아내리고 스스로 우위에 서려는 충동이 생깁니다. 이런 판단은 단순한 생각이 아닙니다. 상대를 '틀렸다'고 규정하고 자신은 '옳다'고 믿으려는 방식으로, 결국 상대를 은근히 무시하고 억누르려는 심리적인 공격이 돼버리는 것이죠.

    심지어 자연마저도 적처럼 느껴지기 시작합니다.
    비는 위로가 아닌 불편이 되고,
    하늘의 흐름이나 나무의 움직임조차
    어딘가 불안한 신호처럼 받아들여집니다.
    감각은 더 이상 평온을 알아차리지 못하고,
    모든 지각과 해석은 두려움의 언어로 쓰이게 됩니다.

    우리가 '망상증(paranoia)'이라고 부르는 정신 질환은 사실 누구나 겪을 수 있는 이런 불안과 분리감이 통제되지 않은 수준까지 커졌을 때 나타나는 상태일 뿐입니다.

    저항은 단지 심리적인 형태에 그치지 않고 신체에도 직접적인 영향을 미칩니다. 몸을 긴장시키고 위축되게 만들며 건강을 유지하는 데 꼭 필요한 생명에너지의 흐름을 막아버리게 되죠. 운동이나 물리치료가 회복에 일시적인 도움을 줄 수는 있지만, 일상 속에서 '내맡김'이 동반되지 않는다면 그 근본 원인은 좀처럼 사라지지 않습니다.

나의 내면에는 삶의 상황이나 일시적인 사건, 환경에 전혀 영향을 받지 않는 '어떤 것'이 존재합니다. 내가 내맡길 때 비로소 그 본질과 연결될 수 있습니다. 그리고 그 본질이 바로 '나'입니다. 그 '나'는 시간의 흐름을 넘어서, 지금 이 순간 원의 영역 안에 살아 있는 존재 그 자체입니다.

만약 지금의 삶이 싫고, 더는 견딜 수 없다고 느껴진다면 가장 먼저 해야 할 일은 '내맡김'입니다. 이 반복되는 '싫은 상황'의 고리를 끊어낼 수 있는 첫걸음이 바로 거기서 시작됩니다.

내맡김의 상태에서도 우리는 여전히 행동할 수 있고 변화를 시도하거나 목표를 세울 수도 있습니다. 하지만 그 행동은 이전과는 전혀 다른 차원의 의식과 에너지에 의해 이끌리게 되죠. 내맡김은, 나의 의식을 존재의 에너지와 다시 연결시켜 주는 고리입니다.

　이때 내가 하는 모든 일, 그리고 그 안에서 흘러나오는 창조성의 질은 말로 다 표현할 수 없을 만큼 깊고 풍요로워집니다. 결과는 애써 만들어내지 않아도 자연스럽게 따라오게 되고 그 안에는 지금 이 순간의 의식 상태가 그대로 반영돼 있어요. 우리는 이런 걸 '내맡김에서 비롯된 행동', 혹은 '내맡긴 행동'이라고 부를 수 있습니다.

　내맡김의 상태에서는 무엇을 해야 할지도 자연스럽고 분명하게 보이기 시작합니다. 그리고 지금 이 순간, 한 번에 한 가지 일에만 온전히 집중할 수 있게 되죠. 자연을 보세요. 불평하지도, 불행해하지도 않으면서 모든 것을 얼마나 조화롭게 완성해 가는지. 삶의 기적이 어떻게 아무 저항 없이 저절로 펼쳐지는지를요.
　예수는 이렇게 말했습니다.
　"이 백합이 어떻게 자라는지 보라.
　수고도 하지 않고 길쌈도 하지 않느니라."

지금의 삶 전체가 싫고 불만족스럽게 느껴진다면 그 모든 상황을 한꺼번에 감당하려 하지 마세요. 대신 단 하나의 순간, 바로 '지금 이 순간'만을 따로 떼어내어 조용히 내맡겨 보세요.

마치 안개를 가르며 나아가는 손전등의 빛처럼, 그 순간이 분명하고 또렷하게 느껴질 것입니다. 바로 그때부터 나의 의식은 더 이상 외부 조건에 휘둘리지 않게 됩니다. 반응하고 저항하던 낡은 생각의 패턴에서도 자연스럽게 벗어나게 되죠. 이제 상황의 구체적인 부분들을 조용히 차분하게 들여다보세요. 그리고 스스로에게 조심스럽게 물어보는 겁니다.

'이 상황을 바꾸거나, 개선하거나, 혹은 지금 이 자리에서 벗어나기 위해 내가 할 수 있는 일은 뭘까?'

만약 지금 할 수 있는 일이 있다면, 망설이지 말고 바로 행동하세요. 다만 앞으로 해야 할지도 모르는 수많은 일들, 혹은 언젠가 닥칠 수 있는 가능성들에 정신을 빼앗기지는 마세요. 생각을 넓히기보다, '지금 이 순간 내가 할 수 있는 단 하나의 일'로 주의를 좁히는 겁니다. 계획을 세우지 말라는 뜻은 아닙니다. 어쩌면 지금 내가 할 수 있는 유일한 일이 바로 그 계획을 세우는 일일 수도 있으니까요.

다만, 머릿속에서 '미래 영화'를 상영하듯 상상의 장면을 그리고 지금의 나를 그 이야기 속 주인공으로 만들지는 마세요. 그렇게 하면 지금 이 순간을 놓치게 됩니다. 지금 하는 행동이 당장 어떤 결과로 이어지지 않을 수도 있다는 것, 그 점도 꼭 기억하세요.

결과가 나타날 때까지는 지금 이대로의 현실에 저항하지 않는 것이 중요합니다. 만약 지금 할 수 있는 일이 정말 아무것도 없고, 이 상황에서 벗어날 방법도 없다면, 오히려 그 상황을 더 깊은 '내맡김'의 기회로 삼아 보세요. 그 고통조차 더 깊이 이 순간으로 들어가고 더 깊은 존재의 자리로 머무는 길로 바꿀 수 있습니다.

영원의 차원, 지금 이 순간의 현존으로 들어서면 크게 애쓰지 않아도 삶은 놀라운 방식으로 변화를 일으키기 시작합니다. 이제 삶은 더 이상 막힘없는 흐름이 되고 나를 돕고 함께 협력하며 나와 하나의 방향으로 움직이기 시작하죠. 두려움, 죄책감, 무기력 같은 감정 때문에 행동하지 못하고 있었다면, 내맡김의 상태에서는 그런 감정들도 서서히 사라질 것입니다.

'이제 더는 신경 쓰고 싶지도 않아', '이젠 뭐 어떻게 되든 상관없어' 같은 태도는 내맡김이 아닙니다. 그 마음속에는 분노나 불만 같은 부정적인 감정이 여전히 깔려 있어요. 이런 태도는 그저 저항이 교묘하게 형태를 바꿔 나타난 것일 뿐입니다. 겉보기엔 내려놓은 것처럼 보이지만 사실은 아직 놓지 못한 상태인 거죠.

진짜 내맡김은 아주 깊은 깨어 있음이 필요합니다. 인정하고 싶지 않은 어떤 것, 받아들이고 싶어 하지 않는 내적 저항이 조용히 숨어 있을 수 있기 때문입니다.

먼저, 지금 이 순간 내 안에 저항이 있다는 사실을 인정하는 것부터 시작해 보세요. 저항감이 느껴질 때 피하려 하지 말고 그 감정과 함께 그 자리에 조용히 머물러 보는 거예요.

마음이 어떻게 저항을 만들어내는지, 그리고 그 저항이 상황과 나 자신, 다른 사람들을 어떻게 판단하고 낙인찍고 있는지를 지켜보세요. 그 생각이 어떻게 흘러가는지, 또 그에 따라 일어나는 감정 에너지가 몸 안에서 어떻게 느껴지는지도 함께 바라보는 겁니다.

이렇게 저항을 그저 바라보는 순간 그 저항이 아무런 도움이 되지 않는다는 사실이 분명해집니다. 그리고 지금 이 순간, 모든 주의를 현재에 집중하면 저항감은 의식의 빛 위로 떠오르게 됩니다. 그러면 저항은 완전히 사라지게 되죠.

의식이 깨어 있는 상태에서는 동시에 불행하거나 부정적일 수 없습니다. 따라서 불행이나 부정성, 고통이 어떤 형태로든 느껴진다면 그 안에는 반드시 저항이 있습니다. 그리고 그 저항은 언제나 무의식적으로 작동합니다.

이제 이렇게 자문해 보세요.
'내가 이 불행을 선택했나?'

'내가 선택하지 않았다면, 나는 어떻게 불행해졌지?'

'이 불행의 목적은 뭘까?'

'누가 이 불행을 계속 붙잡고 있는 거지?'

조금만 멈춰서 진심으로 이 질문들을 던져보면 내 안에서 무언가가 조용히 깨어나기 시작할지도 모릅니다. 내가 지금 불행하다고 느끼고 나 스스로 그걸 알고 있다고 생각할 수는 있어요. 하지만 자세히 들여다보면, 그 감정에 여전히 휩싸인 채 빠져 있는 경우가 많습니다.

불행하다는 감정을 계속 떠올리고, 그에 따라 반복되는 생각을 멈추지 않으면 그 감정은 마음속에서 계속 살아 움직이게 됩니다. 나는 '알고 있다'고 믿지만 사실은 그 감정에 휘둘리고 있는 거예요. 무의식적으로 그 감정과 하나 되어 있는 것입니다.

하지만 현존의 상태에서는 부정성이 머무를 수 없습니다.

그것은 오직 무의식 안에서만 생명을 유지할 수 있으니까요.

시간은 불행의 생명줄입니다.

하지만 강렬한 깨어 있음으로 시간 자체를 제거하면,
불행은 더 이상 머물 자리를 찾을 수 없습니다.

진심으로 불행이 사라지길 원하나요?
이제 정말 충분하다고 느끼세요?
그 불행이 없다면, 나는 누구일까요?

완전한 내맡김을 실천하기 전까지 '영적인 차원'이라는 것은
책에서 읽거나, 누구에게서 듣고, 그 주제로 대화하고, 놀라고,
알게 된 것을 글로 쓰고, 믿거나 말거나 하는 하나의 개념일 뿐
입니다. 진짜 변화는 그 개념을 넘어서 지금 이 순간의 삶 안으
로 들어올 때 비로소 시작됩니다.

믿든 믿지 않든, 사실 그것은 중요하지 않습니다.
완전한 내맡김 없이는 그 '영적인 차원'이라는 것이 실제 내
삶 안에서 생생하게 살아 있는 현실이 되지 못할 테니까요.

일단 내맡김이 시작되면, 존재가 드러나기 시작합니다. 그리

고 바로 그 순간, 세상을 지배해 온 '마음의 에너지'보다 훨씬 더 높은 차원의 에너지가 내 안에서 깨어납니다. 내맡김을 통해 깨어 있는 에너지가 이 세상으로 흘러들어옵니다. 그 에너지는 더이상 내가 애써 만들어내는 힘이 아니라 존재 깊은 곳에서 자연스럽게 솟아나는 힘입니다.

그리고 이 에너지는 나와, 다른 사람들 그리고 이 지구 위의 어떤 생명에게도 더 이상 고통을 일으키지 않습니다.

⋆ 36

가면을 벗고 진짜 관계 시작하기

가면을 벗을 때, 비로소 관계가 시작된다.

오직 무의식 상태에 있는 사람만이 남을 이용하려 들고 속이며 기만합니다. 그리고 오직 무의식 상태에 있는 사람만이 그런 시도에 휘말리고 이용당하게 되죠. 누군가의 행동에 저항하고 맞서 싸우려는 그 순간, 나 역시 무의식적인 상태가 돼버립니다.

하지만 이 말은 무의식적인 사람에게 나를 내맡기고 이용당해도 좋다는 뜻이 아닙니다. 나는 언제든 완전한 무저항의 상태를 유지하면서도 명확하게 "아니요"라고 말할 수 있습니다. 원하지 않는 상황에서 조용히 빠져나올 수도 있어요.

중요한 것은 그 '아니요'라는 말이 무의식에서 튀어나온 감정적 반응이 아니어야 한다는 점입니다. 그 말 속에는 어떤 부정적인 감정도 얽혀 있지 않아야 해요. 만약 온전히 내맡길 수 없다면 즉시 행동하십시오. 솔직하게 말하거나, 필요한 조치를 취하거나, 그 상황에서 벗어날 수 있는 방향으로 움직이세요.

삶에 대한 책임은 나에게 있습니다.
눈부시게 빛나는 내면의 존재와 이 지구를 부정성으로 오염시키지 마십시오. 어떤 형태로든 불행이 머물 자리를 내 삶 안에 허락하지 마세요.

어떤 행동도 할 수 없는 상황, 이를테면 교도소에 있다면, 남은 선택지는 두 가지뿐입니다. '저항할 것인가, 내맡길 것인가.' 다시 말해서 '외적 상황에 구속될 것인가, 내면의 자유를 얻을 것인가'의 문제입니다.

지금 이대로를 받아들일 수 없다는 것은, 결국 사람들도 있는 그대로 받아들이지 못한다는 뜻입니다. 그러면 누구든 판단하게 되고, 비난하고, 꼬리표를 붙이고, 거부하거나 바꾸려 들게 되죠.

지금 이 순간을 미래의 어떤 목적을 위한 수단으로만 여기게 되면 인간관계 또한 그 목적을 위한 수단으로 전락하게 됩니다. 관계 자체, 그리고 그 존재 자체는 부차적인 것이 되거나 아예 중요하지 않게 됩니다. 중요한 건 오직, "이 관계를 통해 내가 무엇을 얻을 수 있는가" 하는 계산뿐이 됩니다. 물질적 이익이든, 권력이든, 육체적 쾌락이든, 자아의 만족감이든 말입니다.

만약 지금 배우자나 가까운 누군가와 다투거나 갈등을 겪고 있다면, 상대가 내 입장을 공격할 때 내가 얼마나 방어적으로 반응하는지 한 번 살펴보세요.

또는 내가 상대를 공격할 때, 내 관점과 내 의견에 얼마나 집착하고 있는지도 조용히 관찰해 보세요.

내가 옳아야 하고, 상대는 틀렸다는 걸 증명하려는 그 마음의 이면에는 어떤 정신적·감정적 에너지가 흐르고 있는지, 그 흐름을 가만히 느껴보는 겁니다. 그것이 바로 에고의 마음이 뿜어내는 에너지입니다. 그 에너지를 인정하고 가능한 깊이 느끼면 의식의 빛이 드러납니다. 그러면 한참 말다툼을 하다가도 문득 깨닫게 될 거예요.

'아, 내가 반응하지 않을 수도 있구나.' 하고요. '그저 무슨 일이 일어나는지 지켜보자.'라고요. 이것이 바로 내맡김입니다.

여기서 '반응하지 않는다'는 건 그저 말로만 "그래, 네 말이 맞아"라고 하면서 속으로는 "이 유치한 싸움에서 난 초월하겠어"라고 생각하는 걸 말하는 게 아닙니다. 그런 태도는 오히려 더 교묘한 형태의 저항일 뿐이에요. 여전히 에고의 마음이 작동하고 있는 상태죠. 이번에는 우월감을 앞세워 주도권을 쥐려는 또 다른 방식의 반응일 뿐입니다.

제가 말하는 내맡김이란, 힘겨루기 같은 세력 다툼을 벌이고 있는 정신적, 감정적 에너지 전체를 완전히 놓아버리는 것입니다. 에고는 정말 교묘합니다. 잠시만 주의를 놓아도 순식간에 정신과 감정을 사로잡아 버리죠. 그래서 우리는 아주 깊이 깨어 있어야 하고 지금 이 순간에 완전히 머물러 있어야 합니다. 그래야만 내가 정말 마음과 정신에서 벗어나 있는 상태인지 지금 이 순간 내가 자유로운지 분명히 알아차릴 수 있습니다.

만약 갑자기 아주 가볍고 맑고 깊은 평화를 느낀다면 그건 지금 진정한 내맡김 상태에 있다는 분명한 신호입니다. 그 순간, 더 이상 마음은 저항하지 않고 내면에는 조용한 자유가 자리 잡습니다. 이제 상대의 입장이 어떻게 변화하는지를 조용히 지켜보세요.

두 사람 모두 마음과 동일시하지 않을 때 비로소 진정한 소통이 시작됩니다. 그건 단지 말의 교환이 아니라 존재와 존재가 만나는 고요한 연결입니다. 이때는 동양 무술에 담긴 지혜를 떠올려 보세요. "상대의 힘에 저항하지 마라. 이기려면 굴복하라." 저항하지 않을 때, 오히려 가장 깊은 힘이 깨어납니다.

강렬한 현존 상태에서 '아무것도 하지 않는 것'은 상황과 사람을 깊이 변화시키고 치유하는 강력한 힘입니다. 이것은 말 그대로 아무 행동도 하지 않는 것과는 본질적으로 다릅니다. 두려워서 피하거나 무기력해서 멈춰 있는 것도 아니고 우유부단해서 결정을 미루는 것도 아닙니다.

이 상태는 내면에서 저항하지 않으면서도 동시에 온전히 깨어 있는 상태를 말합니다. 행동해야 할 순간이 오면 행동하거나 말을 하더라도, 그건 마음의 개념에서 튀어나온 즉각적인 반응이 아닙니다. 그러니 어떤 행동이 나올지는 사실 누구도 미리 예측할 수 없습니다.

에고는 저항할 때 힘을 쓸 수 있다고 믿습니다. 하지만 실제로 저항은 진정한 힘인 존재와의 연결을 끊어버립니다. 저항은 두려움과 약함의 위장술이에요. 순수함과 결백함, 그리고 존재의 고요한 상태에 머무는 것을 에고는 '약함'으로 착각하게 만듭니다. 그러나 에고가 스스로 강하다고 믿는 바로 그 상태야말로 실제로는 가장 약한 상태입니다.

그래서 에고는 끊임없이 저항하려 들고 그 저항을 통해 자신을 유지하려 하며 존재의 진짜 힘을 감추기 위한 역할을 하고 있는 것입니다.

나를 내맡기기 전까지는 사람 사이의 관계 대부분이 무의식 속에서 벌어지는 역할극에 불과합니다. 서로 가면을 쓰고 자신을 지키려는 에고의 게임 안에 머물러 있죠. 하지만 진정한 내맡김의 상태에서는 가면이 필요 없어집니다. 그저 아주 단순해지고 진실해집니다. 그럴 때마다 에고는 속삭입니다.

"그건 위험해. 그렇게 있다가 상처받고 다칠 거야."

하지만 에고는 한 가지 중요한 사실을 모릅니다. 저항하려는 마음을 내려놓고 마음을 유연하게 열기 시작할 때 누구도 깨뜨릴 수 없는 본래의 나, 참된 강인함이 깨어난다는 것을 말이에요.

10장

붙잡지 않는 삶,
그저 그렇게 살아지는 순간들

A Life of Letting Go—Moments That Simply Flow

애쓰지 않아도 괜찮은 삶이 있을까요?

Could there be a life where I no longer need to strive, only to be?

A Life Without Clinging

설명하지 않아도 알아지는 감각으로 살기

우리는 지금 나, '삶, 그 자체'에 대해 이야기 나누고 있습니다. 지금껏 '나의 삶'이라고 말해온 삶의 상황이 아니라, 진짜 '나'로서의 삶에 대해서요.

그렇다면 질병은 어디에 속할까요? 삶의 상황이지요? 그리고 그 질병 역시 시간이라는 틀 안에서 이어지는 하나의 현상일 뿐입니다. 어쩌면 이제 당신도 어렴풋이 느낄 수 있겠지만 시간 너머 그 어떤 영향도 받지 않는 본질적인 무언가, 바로 당신의 존재 그 자체가 있습니다.

그 존재는 언제나 '지금'에 살아있습니다. 그 '지금' 안의 존재는 어떤 문제도 없고 질병도 없습니다. 모든 것을 초월한 채, 그저 살아 있습니다.

나에게 부여된 어떤 진단이나 상태라는 말을 듣는 순간, 그 말에 나를 점점 더 동일시하게 됩니다. '아, 나는 이런 상태구나' 또는 '아, 나는 이런 병에 걸린 거야' 라고요. 이 믿음은 이제 그 이름에 나를 고정시키고 벗어나지 못하게 만듭니다. 병에 실체감을 부여하고 시간 속에서 계속 이어지도록 놓지 않습니다.

현존 상태에서는 어떤 판단이나 해석 없이 있는 그대로를 받아들이게 됩니다. 이 관점에서 본다면 '질병'은 그저 몇 가지 현상으로 느껴질 뿐입니다. 육체적인 통증, 쇠약해짐, 불편함, 장애 같은 것들이죠.

내가 정말로 극복할 것은 '질병'이 아니라 지금 이 순간 내 몸이 느끼는 '실제 감각들'입니다. 그 고통을 거부하지 말고 그저 지금 여기서 느껴지도록 허락해 주세요. 그리고 그 허용을 통로 삼아 현존으로 들어가십시오. 고통은 깨어남으로 이끄는 가장 귀하고 강력한 도구가 될 수 있습니다.

내맡김은 상황을 바꾸지는 않습니다.

그러나 내가 바뀝니다.

내가 바뀌면 주변 세계가 바뀌고

내가 경험하는 세상도 바뀝니다.

세상은 결국 내 내면이 밖으로 드러난 반영일 뿐입니다.

이 말을 머리로 이해하려고 하지 마세요.

그렇게 해서는 결코 진짜 의미를 알 수 없습니다.

존재로 깨어났을 때, 그제야 진짜 세상을 보게 될 것입니다.

질병 자체는 문제가 아닙니다. 질병은 단지 하나의 상황일 뿐입니다. 진짜 문제는 그 상황을 바라보는 에고의 마음입니다.

내가 병들었거나 몸이 불편하다고 해서 실패했다거나 죄책감을 갖지 마세요. 그건 어디까지나 삶의 한 상황일 뿐입니다. 삶이 나를 부당하게 대해서 이런 병에 걸렸다고 원망하지 마세요. 나 자신을 탓해서도 안됩니다.

이 반응들은 모두 '저항'입니다. 저항은 고통을 더 오래 지속시키는 원인이 됩니다. 어떤 삶의 상황에서든, 깨달음의 문은 언제나 열릴 수 있습니다. 고통스러운 질병조차도 그 문이 될 수 있습니다.

질병에 시간을 덧씌우지 마세요.
과거의 기억이나 미래의 걱정을 그 위에 덧씌우지 마세요.
그 질병이 지금 이 순간의 강렬한 의식으로 이끌도록 그냥 내버려 두세요. 그리고 어떤 일이 일어나는지 고요히 지켜보세요.

삶의 연금술사가 되세요. 쇳덩이를 금으로 바꾸듯 고통을 의식으로, 재앙을 깨달음으로 바꾸어내는 진정한 변형의 주체가 되십시오.

혹시 지금 이 말을 듣고 마음이 불편하거나 "내가 지금 아파

죽겠는데 그게 상황일 뿐이라고?" 하며 화가 날 수도 있습니다. 그러나 화가 났다는 건 소중한 신호입니다. 그 병을 '나의 일부'로 생각한 마음, 그 병을 붙잡고 있는 에고의 방어 본능이 작동했다는 표시이기 때문입니다.

그 병이 곧 나인 것처럼 느껴지기에 그 병을 내려놓으라는 말이 곧 "나를 부정하라"는 말처럼 들린 것인지도 모릅니다.

질병이라는 이름 붙은 상태는 진정한 나와는 아무런 관계가 없습니다. 삶에서 무언가 심각하게 잘못된 것처럼 느껴질 때 가령 질병에 걸렸거나 장애를 입었을 때, 집과 전 재산을 잃거나, 사회적 지위와 명예가 무너지며, 가까운 사람과 되돌릴 수 없는 파국을 겪고, 사랑하는 사람의 고통이나 죽음. 어쩌면 나의 죽음까지.

이 모든 상황 앞에 섰을 때, 그 모든 순간마다 잊지 마세요.

이 모든 것의 이면에 또 다른 차원이 존재한다는 것을요.

지금, 말로 다할 수 없는 전환의 문 앞에 서 있습니다.

고통을 찬란한 의식으로 바꾸는 내면의 연금술. 그것과 단 한 걸음 앞입니다. 그리고 문은 다름 아닌 지금 이 순간 그대로를 받아들이는 '내맡김'입니다.

오해는 마세요. 이 말은 고통 속에서도 행복해질 수 있다는 뜻이 아닙니다. 분명, 행복은 아닙니다. 두려움과 고통이 밀려오는 바로 그 순간, 그 고통이 아주 깊은 곳에서 솟아오르는 내면의 평화와 고요함으로 변화될 수 있다는 것을 전하려는 것입니다.

그것은 말로 설명할 수 없는 깊은 평화, 곧 신의 평화입니다. 그 앞에서 흔히 말하는 일반적인 행복은 오히려 얇고 일순간의 감정처럼 느껴지게 됩니다. 그리고 이 빛나는 평화 속에서 깨닫게 됩니다.

'아, 나는 결코 파괴되지 않는 존재구나'
'나는 죽지 않는 영원한 생명, 존재 그 자체구나'라고요.

그 어떤 외부의 증명도 필요하지 않은, 스스로에게서 온 절대적인 확신. 그저, 깨어 있음 속에서 저절로 알게 되는 사실입니다.

38

죽음처럼 느껴지는 항복을 귀환으로 받아들이기

어떤 극단적인 상황에 있다면 지금 이 순간을 받아들이는 게 정말 불가능하다고 느껴질 수도 있습니다. 괜찮습니다. 내맡김은 두 번째 기회가 있으니까요. 그것은 처음에 내맡기지 못하고 놓쳤더라도, 언제든 다시 돌아와 열 수 있는 문, '늦게 찾아온 내맡김의 기회'입니다.

첫 번째 기회는 이미 벌어진 일은 되돌릴 수 없다는 사실을 아는 것입니다. 그래서 지금 있는 그대로를 '예'라고 받아들이는 것. 그 수용 안에서 순간순간, 지금 내가 해야 할 일을 하는 것이죠. 상황을 수용하되, 거기서 필요한 행동을 조용히 실천하는 것입니다.

그리고 그 수용 속에 머물 때 더 이상 마음속에서 부정적인 에너지가 자라지 않습니다. 고통도, 불행도, 저항도 더 이상 새롭게 만들어지지 않습니다.

만약 이 첫 번째 기회를 놓쳤다면 아마도 두 가지 중 하나일 겁니다. 지금 상황이 너무 극단적이어서 그런 걸 도저히 받아들일 수 없는 상태라고 느꼈기 때문이겠죠.

하나는 충분한 '현존'이 일어나지 않았기 때문입니다. 무의식적인 저항 패턴이 자동으로 작동해버린 것이죠. 그러나 안타깝게도 이 순간이 고통이 만들어지는 순간입니다. 어떤 행태로든 고통과 괴로움이 더 생겨나기 시작하는 순간이에요. 겉으로 보기에 상황이 그렇게 됐기 때문에 생긴 것처럼 느껴질 수도 있겠죠. 하지만 실제로는 고통을 만들어내는 건 상황이 아니라 나 자신의 저항입니다.

여기 두 번째 내맡김의 기회가 있습니다.

만약 지금 상황을 도저히 받아들일 수 없다면 내면에서 일어난 감정을 받아 들여 보세요. 지금 일어난 일을 모두를 인정하기 어려울 수 있어요. 그러니 두 번째 기회로 그 조건이 불러온 내 안의 반응을 수용하는 거예요. 그 감정은 대개 슬픔, 절망, 두려움, 외로움 같은 것들이겠죠.

이제 그 감정을 밀어내지 말고 그냥 거기 있도록 허용해 주세요. 밀어내거나 없애려 하지 말고 그냥 거기 있도록 두는 거예요. 저항하지 말고 내맡김 하는 것입니다.

머릿속에서 끊임없이 재해석하고 의미를 붙이며 판단하지 말고 그저 있는 그대로 지켜보세요. 그리고 부드럽게 안아 주세요. 그러고 나면 보게 될 거예요. 내맡김의 기적이 깊은 고통을 어떻게 깊은 평화로 바꾸는지.

이것이 바로 내가 받아들여야 할 '내면의 십자가'입니다. 이 자리에서부터 나의 새로운 존재가 조금씩 깨어나기 시작할 수 있습니다.

극심한 고통을 겪고 있을 때 '내맡김'이라는 말은 부질없고 아무 의미도 없는 뜬구름처럼 들릴 수 있습니다. 어쩌면 오래된 도덕책 같은 이야기로 느껴질지도 모르죠.

고통은 지금 여기에 있고 점점 깊어지기에 그저 피하고만 싶어집니다. 이 감정을 더 자세히 들여다보고 싶지 않다는 것, 그 건 정말 자연스러운 반응입니다. 그럼에도 불구하고 고통에서 완전히 벗어날 수 있는 길은 존재하지 않는다는 것입니다.

물론 겉보기에 해결책처럼 보이는 것들은 많습니다. 일에 몰두하거나, 술을 마시거나, 약물에 의존할 수도 있고 고통을 전혀 상관없는 사람에게 쏟아내거나, 무작정 화를 내거나, 감정을 꾹 꾹 억누르는 방식도 있습니다.

그러나 이 모든 행동들은 고통에서 진짜로 벗어나게 해주지 않습니다. 고통을 에고의 마음속으로 밀어넣는다고 해서 그 강도가 줄어드는 건 아닙니다. 오히려 그 고통은 말과 행동, 관계 속까지 스며들며 삶 전체를 천천히 오염시킵니다.

억눌린 고통은 내가 내뿜는 에너지로 퍼져나갑니다. 말하지 않아도 사람들은 모두 그것을 느낍니다. 상대도 무의식적인 상 태에 있다면 그 고통에 반응해 나를 공격하거나 상처 주려는 충 동을 느낄 수 있고, 상대의 고통을 직감해 무의식적으로 되레 상처를 줄 수도 있습니다.

이렇게 나는 내 내면 상태와 정확히 어울리는 것들을 끌어당기고 함께 모인 그 에너지에 딱 맞는 결과를 만들어 냅니다.

더 이상 물러 날 곳이 없다고 느껴질 때라도 고통을 지나갈 길은 언제나 남아 있습니다. 그러니 고통에서 고개를 돌리지 마세요. 외면하지 말고 그 고통을 지긋이, 살며시 바라봐 주세요. 피하지 않고 충분히 느껴보겠다는 마음을 내보세요. 머리로 판단하지 말고 그냥 느껴보는 겁니다. 필요하다면 감정을 말로 표현할 수도 있습니다.

하지만 그 감정을 자꾸 이야기로 풀어내거나 머릿속에서 계속 해석하려 들지는 마세요. 그저 감정 자체에 주의를 기울이며 가만히 바라보세요. 감정을 만들어낸 것처럼 보이는 사람이나 사건, 상황이 아니라, 지금 이 순간 몸과 마음 안에서 느껴지는 그 감정들.. 슬픔, 분노, 외로움 같은 감정 하나하나에 집중해 보세요. 감정을 깊이 느끼되, 거기에 휘말리지 말고 그 감정이 끌고 가는 생각에 자신을 내맡기지 마세요.

마음이 '나는 피해자야'라는 정체성을 만들도록 내버려두지 마세요. 스스로를 불쌍하게 여기고 다른 사람에게 계속 그 이야기를 반복하는 한, 고통은 계속 그 자리에 머무르게 됩니다. 이 감정을 피할 수 없을 때 할 수 있는 유일한 변화의 길은 감정을 있는 그대로 두는 것입니다. 그렇지 않으면 어떤 것도 바뀌지 않습니다.

그러니 느끼는 감정에 온전히 주의를 주세요. 그것을 정의하거나 판단하려는 습관은 잠시 멈추세요. 감정 속으로 들어갈 때 예민한 주의가 필요합니다. 처음에는 어둡고 두려운 공간처럼 느껴질 수도 있거든요. 그 감정에서 도망치고 싶은 충동이 올라오면, 그 충동을 알아차리되, 거기에 따라 움직이지는 마세요.

그럴수록 고통 자체에 조용히 집중해 보세요.
슬픔, 두려움, 막막함, 외로움… 어떤 감정이든 피하지 말고 그대로 느껴보세요. 주의력을 유지한 채, 이 순간에 머무르세요.

온 존재로, 내 몸의 모든 세포로 지금 여기에 머무르세요. 그렇게 할 때 그 어둠 속으로 하나의 빛이 들어가기 시작할 것입니다. 그 빛, 바로 나의 의식입니다.

이쯤에 이르면 더 이상 '내맡김'을 해야 한다고 애쓸 필요는 없습니다. 왜냐하면 이미 내맡김은 일어난 상태이기 때문입니다. 어떻게 그런 일이 가능했을까요? 바로, 온전한 주의. 지금 이 순간에 온전히 주의를 기울였다면 이미 있는 그대로를 완전히 받아들인 것이며, 그것이 곧 내맡김입니다.

지금 이 순간에 완전히 주의를 기울이는 것, 그 자체가 존재의 힘을 사용하는 것이고 바로 현존의 힘입니다. 그 안엔 저항이 발붙일 자리가 없습니다. 저항은 늘 시간 속에서 자라고 고통은 늘 심리적 시간 안에서 유지되니까요.

현존은 시간을 지웁니다. 시간 없는 자리에는 고통도, 부정성도, 더 이상 머물 수 없습니다. 에고의 고통을 받아들인다는 것은 내면에서 하나가 죽어가는 여정입니다. 깊은 고통을 정면으로 마주하고 그대로 허용하며, 그 안으로 주의를 가져가는 일은 죽음의 실제 과정에서 겪게 될 것과 본질적으로 같은 경험입니다. 그렇게 고통의 심연을 통과하고 나면 깨닫게 됩니다.

죽음은 없습니다.
두려워할 이유도 없습니다.
사라지는 것은, 오직 에고뿐입니다.

태양빛 한 줄기가 자신이 태양의 일부라는 사실을 잊어버렸다고 상상해보세요. 자신이 그 본래의 빛과 분리된 존재라고 믿고, 살아남기 위해 애쓰고, 태양과는 다른 무언가가 되기 위해 정체성을 만들어내고, 정체성을 만들어내고, 그것에 매달려 살아가는 빛줄기.

그 착각과 오랜 망상이 무너지는 바로 그 순간.
그것은 얼마나 벅차고도 자유로운 해방일까요.
편안한 죽음을 꿈꾼 적 있나요?
고통 없이 떠날 수 있기를 바라본 적 있나요?

그렇다면 매 순간, 과거를 놓아주세요. 지금 이 순간마다, "나"라고 여겨온 무거운, 시간 속의 자아를 조용히 놓아보세요. 당신의 현존이 빛으로 드러나기 시작할 때 그것은 더 이상 죽음이 아니라, 진짜 나로 돌아가는 고요한 해방입니다.

39

견딜 수 없을 때 항복이라는 문 열기

'십자가의 길' 즉 고통을 통해 의식이 깨어나는 길은 오랫동안 깨달음의 방식이 돼 주었습니다. 최근까지도 그것은 거의 유일한 길이었습니다. 따라서 아무 가치가 없다고 일축하거나 영향력을 과소평가해서는 안됩니다. 그 길은 지금도 여전히 유효합니다.

십자가의 길은 완전한 전환의 길입니다. 내 삶에서 가장 견디기 힘들었던 일, 가장 고통스러웠던 경험, 내가 짊어졌던 그 '십자가'가 결국은 나를 완전히 무너뜨리고, 아무것도 아닌 상태로 이끌어 그 무너짐 속에서 새로운 존재로 깨어나게 합니다.

　그것은 에고의 해체 즉 '죽음'을 통과하게 합니다. "나"라고 믿어왔던 정체성, 시간 속에서 쌓아온 모든 이야기, 고통에 기대 만들어낸 자아가 무너져 내리는 자리입니다.

　그렇게 무너진 그 자리에서 나는 이름도, 역할도, 이야기도 없는 아주 고요한 공간에 머물게 됩니다. 거기에는 '나'라는 감각조차 희미해지지만 이상하게도 그 안에서 더 분명한 존재감이 느껴지기 시작합니다. 그것은 어떤 것도 붙잡지 않은 채, 아무것도 아님 속에 조용히 존재하는 상태입니다.

　그렇게 자아가 완전히 무너진 순간 형태 이전의 어떤 고요한 공간, 말로는 설명할 수 없는 자리에 머무르게 됩니다. 비어 있는 듯하지만 그 안에는 분명한 생명이 움직이고, 깊은 존재감이 깃들어 있습니다. 바로 그 자리가 나와 신성, 우주 전체의 생명과 다시 연결되는 자리입니다. 신성은 어떤 형태나 인격체가 아닌 모든 생명 안에 살아 있는 고요한 실재입니다.

고통을 통해 이뤄지는 깨달음 곧 '십자가의 길'은 내가 스스로 선택했다고만 할 수는 없습니다. 그것은 고통이 너무 깊어 더는 견딜 수 없을 때, 마치 발버둥치고 저항하며 끌려가듯 의식의 문 앞까지 이끌리는 여정입니다. 그제야 우리는 마침내 항복하게 됩니다. 그 자리에 이르기까지, 크고 깊은 고통이 오랫동안 이어 질 수도 있습니다.

다만 깨달음을 '의식적'으로 선택한다는 것은 과거와 미래에 대한 집착을 내려놓고, 지금 이 순간을 삶의 중심에 두겠다고 결단하는 것입니다. 그것은 시간 속이 아닌 현존의 상태 안에 머물기로 선택하는 것이며, 지금 이대로의 현실에 '예'라고 말하는 것입니다. 그제야 비로소 고통 없이도 깨어 있을 수 있게 됩니다.

'나는 더 이상 고통을 만들지 않겠다. 더 이상 스스로를 괴롭히지 않겠다.' 이 말을 진심으로 선언하기까지 앞으로 시간이 얼마나 더 필요하다고 생각하나요? 그 결정을 내리기까지 아직도 얼마나 더 많은 고통이 필요하다고 느끼나요?

만약 당신이 "아직은 시간이 더 필요해"라고 생각한다면 실제로 더 많은 시간이 주어질 것입니다. 그리고 그 시간만큼 더 많은 고통도 함께 따라올 것입니다. 시간과 고통은 뗄 수 없이 맞물려 있기 때문입니다.

40

고요 속에서 드러나는 사랑과 진짜 나 만나기

선택이란 의식이 깨어 있을 때만 가능한 것입니다. 의식의 수준이 충분히 높지 않다면 나는 선택할 수 없습니다. 선택은 오직 마음과 그에 따른 습관적인 반응에서 스스로를 분리해 낼 수 있을 때, 그리고 지금 이 순간에 완전히 깨어 있을 때 시작됩니다. 그 전까지는 영적인 관점에서 나는 여전히 무의식 상태에 머물러 있는 것입니다. 이 말은 곧 오랜 시간 반복된 감정과 생각의 패턴 즉 조건화된 마음에 따라 자동적으로 생각하고, 느끼고, 행동할 수밖에 없다는 뜻입니다.

누구도 스스로 고장 나거나, 갈등 속에 놓이거나, 고통 받기를 원하지 않습니다. 누구도 스스로 미쳐가기를 선택하지는 않습니다. 그러나 그런 일들은 의식의 자리가 충분히 깨어 있지 않을 때 벌어지는 일입니다. 과거를 녹여낼 만큼의 현존이 부족하고 어둠을 몰아낼 만큼의 빛이 부족한 것입니다.

그렇다면 당신은 아직 이 자리에 완전히 도달하지 않았습니다. 아직 완전히 깨어나지 않았습니다. 그동안은 익숙하게 굳어진 마음의 틀이 여전히 내 삶을 대신 살아왔을 것입니다.

쉽게 예를 들어 볼까요?
부모를 향해 해결되지 않은 감정을 여전히 품고 있다면, 그들이 한 일이나 하지 않은 일에 대해 아직도 서운함이나 원망을 품고 있다면, 당신은 여전히 그들이 다르게 행동할 수 있었을 거라고 믿고 있는 것입니다.

맞습니다. 겉으로 보기엔 누구나 '선택'할 수 있는 것처럼 보입니다. 하지만 그것은 착각입니다. 마음이라는 조건화된 틀 속에서 삶이 흘러가고 있는 한, 여전히 그 마음과 동일시된 상태라면 당신이 갖게 됐다는 그때의 감정도 부모가 했다는 그 행동도 진짜 선택일까요? 그때는 당신도, 부모도 의식적으로 그 자리에 없었습니다. 따라서 두 사람 모두 그 자리에 정말 '있지 않았던' 것입니다.

마음에 사로잡힌 상태는 삶을 분별하고 조절하는 기능이 심각하게 손상된 상태입니다. 일종의 정신적 병이며 누구나 크고 작게 겪고 있는 것입니다. 이 사실을 진심으로 깨닫는 순간, 더는 원망이 생기지 않습니다. 병든 사람을 향해 어떻게 원망할 수 있을까요? 그 깨달음을 얻은 자리에서 자연스럽게 일어나는 유일한 반응은 자비입니다.

만약 내가 여전히 마음에 조종되고 있다면, 선택은 없지만 결과는 피하지 못한 채 살게 됩니다. 의식이 닫힌 채 살아간 대가로 두려움과 갈등, 문제와 고통의 짐을 고스란히 떠안게 됩니다. 그러다 더는 견딜 수 없다고 느낄 때에야 비로소 고통은 나를 그 무의식 상태에서 깨어나게 만들 것입니다.

과거에서 여전히 '나'를 꺼내 살고 있을 때 나 자신에 대한 진정한 용서도, 다른 사람에 대한 진실한 용서도 불가능합니다. 오직 지금 이 순간, 내 안에 깃든 '지금의 힘'에 접속할 때만 진짜 용서가 일어납니다. 그러면 과거는 더 이상 나를 지배할 수 없게 되고 그제야 비로소 알게 됩니다.

과거에 내게 일어났던 일도, 누군가가 나에게 저지른 일도, 또 내가 누군가에게 했다고 믿는 그 모든 일조차도 내 존재의 찬란한 본질을 털끝 하나 건드릴 수 없었다는 사실을요.

열쇠는 언제나 현존, 지금 이 순간입니다.
마음이 더 이상 당신의 거짓 주인 노릇을 멈추는 그때,
내 안에서 표현할 길 없는 지극한 고요함이
내면 공간을 가득 채웁니다.
그 평화 속에서 이름 붙일 수 없는 기쁨이 조용히 드러납니다.
그 기쁨은 사랑으로 가득 차 있습니다.

그 사랑이 드러나는 순간, 진짜 내가 깨어납니다.

감사의 글

이 책의 편집과 출간을 훌륭하게 이끌어 주신 빅토리아 리치, 코니 켈로그, 마크 앨런, 그리고 뉴 월드 라이브러리(New World Library)의 모든 분들께 깊은 감사를 드립니다.

『지금 이 순간의 힘』이 처음 세상에 나왔을 때부터 따뜻하게 지지하고 널리 알리는 데 힘써 주신 많은 분들께도 특별한 마음을 전하고 싶습니다. 이 자리에 모든 분을 다 언급할 수는 없지만, 아래에 소개하는 분들께는 각별한 감사의 뜻을 전합니다.

캐시 보르디, 마리나 보루소, 랜달 브래들리, 지나 벨-브래그, 토미 찬, 그렉 클리포드, 스티브 코, 바바라 뎀프시, 킴 엥, 앨리슨 에터, 더그 프랑스, 조이스 프랜지, 레미 프럼킨, 윌마 푹스, 스티븐 거트리, 팻 고든, 매튜 그린블랫과 조안 그린블랫, 제인 그리피스, 수라티 하브루커, 마릴린 니프, 노라 모린, 카렌 맥피, 샌디 뉴펠드, 짐 노왁, 캐리 파더, 카르멘 프리올로, 우샤 레이츠, 조셉 로버츠, 스티브 로스, 사라 러니언, 니키 사크데바, 스파 스트리트, 마셜 서버와 바바라 서버, 브록 털리 님께 감사드립니다.

또한 이 책이 널리 퍼질 수 있도록 앞장서 주신 수많은 독립 서점의 주인과 직원 여러분께 사랑과 감사의 마음을 전합니다. 여러분은 정말 소중한 일을 하고 계십니다. 특히 아래 서점과 그 관계자 여러분께 특별한 감사를 드립니다.

- **밴엔 북스** (Banyen Books, Vancouver, BC)

- **보디 트리 북스토어** (Bodhi Tree Bookstore, Los Angeles, CA)

- **이스트-웨스트 북숍** (East-West Bookshop, Seattle, WA)

- **이스트-웨스트 북숍** (East-West Bookshop, Mountain View, CA)

- **그린하우스 북스** (Greenhouse Books, Vancouver, BC)

- **헤븐 온 어스 북스토어** (Heaven on Earth Book Store, Encinitas, CA)

- **뉴 에이지 북스 &크리스털스** (New Age Books &Crystals, Calgary, AB)

- **오메가 북스토어** (Omega Bookstore, Toronto, ON)

- **오픈 시크릿 북스토어** (Open Secret Book Store, San Rafael, CA)

- **썬더버드 북스토어** (Thunderbird Book Store, Carmel, CA)

- **트랜지션스 북플레이스** (Transitions Bookplace, Chicago, IL)

- **왓킨스 북숍** (Watkins Bookshop, London, UK)

NG

WER OF

NOW

PRACTICING THE POWER OF NOW

ESSENTIAL TEACHINGS,
MEDITATIONS, AND EXERCISES
FROM THE POWER OF NOW

- Eckhart Tolle -

The beginning of freedom is the realization

that you are not "the thinker."

The moment you start watching the thinker,

a higher level of consciousness becomes activated.

You then begin to realize that there is a vast realm

of intelligence beyond thought, that thought is only a

tiny aspect of that intelligence.

You also realize that all the things that truly matter—

beauty, love, creativity, joy, inner peace—

arise from beyond the mind.

You begin to awaken.

CONTENTS

INTRODUCTION
BY ECKHART TOLLE

Since it was first published in 1997, The Power of Now has already had an impact on the collective conscious- ness of the planet far beyond anything I could have imagined. It has been translated into fifteen languages, and I receive mail from around the globe every day from readers who tell me that their lives have been changed through coming into contact with the teaching embodied in the book.

Although the effects of the insanity of the egoic mind are still visible everywhere, something new is emerging. Never before have so many people been ready to break out of collective mind-patterns that have kept humanity in bondage to suffering since time immemorial. A new state of consciousness is emerging. We have suffered enough! Even at this moment it is emerging from within you, as you hold this book in your hands and read these lines that speak of the possibility of living the liberated life, in which you no longer inflict suffering on yourself or others.

Many of the readers who wrote to me expressed a wish to

have the practical aspects of the teachings contained in The Power of Now presented in a more readily accessible format, to be used in their daily practice. That request became the impetus for this book.

In addition to the exercises and practices, however, this book also contains some shorter passages from the original work that can serve as a reminder of some of the ideas and concepts and can become a primer for incorporating those concepts daily.

Many of those passages are particularly suitable for meditative reading. When you practice meditative reading, you do not read primarily to gather new information, but to enter a different state of consciousness as you read. This is why you can re-read the same passage many times, and every time it feels fresh and new. Only words that were written or spoken in a state of presence have this transformative power, which is the power to awaken presence in the reader.

These passages are best read slowly. Many times you may want to pause and allow for a moment of quiet reflection, or stillness. At other times, you may just open the book at random and read a few lines.

For those readers who felt daunted or overwhelmed by The Power of Now, this book can also serve as an introduction.

PART ONE

ACCESSING
THE POWER OF NOW

When your consciousness is directed outward,

mind and world arise.

When it is directed inward,

it realizes its own Source

and returns home into the Unmanifested.

CHAPTER ONE

BEING AND ENLIGHTENMENT

There is an eternal, ever-present One Life beyond the myriad forms of life that are subject to birth and death. Many people use the word God to describe it; I often call it Being. The word Being explains nothing, but nor does God. Being, however, has the advantage that it is an open concept. It does not reduce the infinite invisible to a finite entity. It is impossible to form a mental image of it. Nobody can claim exclusive possession of Being. It is your very presence, and it is immediately accessible to you as the feeling of your own presence. So it is only a small step from the word Being to the experience of Being.

BEING IS NOT ONLY BEYOND BUT ALSO DEEP WITHIN every form as its innermost invisible and indestructible essence. This means that it is accessible to you now as your own deepest self, your true nature. But don't seek to grasp it with your mind. Don't try to understand it.

You can know it only when the mind is still. When you are

present, when your attention is fully and intensely in the Now, Being can be felt, but it can never be understood mentally.

To regain awareness of Being and to abide in that state of "feeling-realization" is enlightenment.

The word enlightenment conjures up the idea of some superhuman accomplishment, and the ego likes to keep it that way, but it is simply your natural state of felt oneness with Being. It is a state of connectedness with something immeasurable and indestructible, something that, almost paradoxically, is essentially you and yet is much greater than you. It is finding your true nature beyond name and form.

The inability to feel this connectedness gives rise to the illusion of separation, from yourself and from the world around you. You then perceive yourself, consciously or unconsciously, as an isolated fragment. Fear arises, and conflicts within and without become the norm.

The greatest obstacle to experiencing the reality of your connectedness is identification with your mind, which causes thought to become compulsive. Not to be able to stop thinking is a dreadful affliction, but we don't realize this because almost everybody is suffering from it, so it is considered normal. This incessant mental noise prevents you from finding that realm of inner stillness that is inseparable from Being. It also creates a false mind-made self that casts a shadow of fear and suffering.

Identification with your mind creates an opaque screen of concepts, labels, images, words, judgments, and definitions that blocks all true relationship. It comes between you and yourself, between you and your fellow man and woman, between you and nature, between you and God. It is this screen of thought that creates the illusion of separateness, the illusion that there is you and a totally separate "other." You then forget the essential fact that, underneath the level of physical appearances and separate forms, you are one with all that is.

The mind is a superb instrument if used rightly. Used wrongly, however, it becomes very destructive. To put it more accurately, it is not so much that you use your mind wrongly — you usually don't use it at all. It uses you. This is the disease. You believe that you are your mind. This is the delusion. The instrument has taken you over.

It's almost as if you were possessed without knowing it, and so you take the possessing entity to be yourself.

THE BEGINNING OF FREEDOM is the realization that you are not the possessing entity — the thinker. Knowing this enables you to observe the entity. The moment you start watching the thinker, a higher level of consciousness becomes activated.

You then begin to realize that there is a vast realm of intelligence beyond thought, that thought is only a tiny aspect of that intelligence. You also realize that all the things that truly matter — beauty, love, creativity, joy, inner peace — arise from beyond the mind.

You begin to awaken.

FREEING YOURSELF FROM YOUR MIND

yourself from your mind. This is the only true liberation. You can take the first step right now.

START LISTENING TO THE VOICE IN YOUR HEAD as often

as you can. Pay particular attention to any repetitive thought patterns, those old audiotapes that have been playing in your head perhaps for many years.

This is what I mean by "watching the thinker," which is another way of saying: Listen to the voice in your head, be there as the witnessing presence.

When you listen to that voice, listen to it impartially. That is to say, do not judge. Do not judge or condemn what you hear, for doing so would mean that the same voice has come in again through the back door. You'll soon realize: There is the voice, and here I am listening to it, watching it. This I am realization, this sense of your own presence, is not a thought. It arises from beyond the mind.

So when you listen to a thought, you are aware not only of the thought but also of yourself as the witness of the thought. A new dimension of consciousness has come in.

AS YOU LISTEN TO THE THOUGHT, you feel a conscious presence — your deeper self — behind or underneath the thought, as it were. The thought then loses its power over you and quickly subsides, because you are no longer energizing the mind through identification with it. This is the beginning of the end of involuntary and compulsive thinking.

When a thought subsides, you experience a discontinuity in the mental stream — a gap of "no-mind." At first, the gaps will be short, a few seconds perhaps, but gradually they will become longer. When these gaps occur, you feel a certain stillness and peace inside you. This is the beginning of your natural state of felt one- ness with Being, which is usually obscured by the mind.

With practice, the sense of stillness and peace will deepen. In fact, there is no end to its depth. You will also feel a subtle emanation of joy arising from deep within: the joy of Being.

In this state of inner connectedness, you are much more alert, more awake than in the mind-identified state. You are fully present. It also raises the vibrational frequency of the energy field that gives life to the physical body.

As you go more deeply into this realm of no-mind, as it is sometimes called in the East, you realize the state of pure consciousness. In that state, you feel your own presence with such intensity and such joy that all thinking, all emotions, your physical body, as well as the whole external world become relatively insignificant in comparison to it. And yet this is not a selfish but a selfless state. It takes you beyond what you previously thought of as "your self." That presence is essentially you and at the same time inconceivably greater than you.

INSTEAD OF "WATCHING THE THINKER," you can also create a gap in the mind stream simply by directing the focus of your attention into the Now. Just become intensely conscious of the present moment.

This is a deeply satisfying thing to do. In this way, you draw consciousness away from mind activity and create a gap of no-mind in which you are highly alert and aware but not thinking. This is the essence of meditation.

IN YOUR EVERYDAY LIFE, you can practice this by taking any routine activity that normally is only a means to an end and giving it your fullest attention, so that it becomes an end in itself. For example, every time you walk up and down the stairs in your house or place of work, pay close attention to every step, every movement, even your breathing. Be totally present.

Or when you wash your hands, pay attention to all the sense perceptions associated with the activity: the sound and feel of the water, the movement of your hands, the scent of the soap, and so on.

Or when you get into your car, after you close the door, pause for a few seconds and observe the flow of your breath. Become aware of a silent but powerful sense of presence.

There is one certain criterion by which you can measure your success in this practice: the degree of peace that you feel within.

The single most vital step on your journey toward enlightenment is this: Learn to disidentify from your mind. Every time you create a gap in the stream of mind, the light of your consciousness grows stronger.

One day you may catch yourself smiling at the voice in your head, as you would smile at the antics of a child. This means that you no longer take the content of your mind all that seriously, as your sense of self does not depend on it.

ENLIGHTENMENT: RISING ABOVE THOUGHT

As you grow up, you form a mental image of who you are, based on your personal and cultural conditioning. We may call this phantom self the ego. It consists of mind activity and can only be kept going through constant thinking. The term ego means different things to different people, but when I use it here it means a false self, created by unconscious identification with the mind.

To the ego, the present moment hardly exists. Only past and future are considered important. This total reversal of the truth accounts for the fact that in the ego mode the mind is so dysfunctional. It is always concerned with keeping the past alive, because without it — who are you? It constantly projects itself into the future to ensure its continued survival and to seek some kind of release or fulfillment there. It says: "One day, when this, that, or the other happens, I am going to be okay, happy, at peace."

Even when the ego seems to be concerned with the present, it is not the present that it sees: It misperceives it completely because it looks at it through the eyes of the past. Or it reduces the present to a means to an end, an end that always lies in the mind-projected future. Observe your mind and you'll see that this is how it works.

The present moment holds the key to liberation. But you cannot find the present moment as long as you are your mind.

Enlightenment means rising above thought. In the

enlightened state, you still use your thinking mind when needed, but in a much more focused and effective way than before. You use it mostly for practical purposes, but you are free of the involuntary internal dialogue, and there is inner stillness.

When you do use your mind, and particularly when a creative solution is needed, you oscillate every few minutes or so between thought and stillness, between mind and no-mind. No-mind is conscious- ness without thought. Only in that way is it possible to think creatively, because only in that way does thought have any real power. Thought alone, when it is no longer connected with the much vaster realm of consciousness quickly becomes barren, insane, destructive.

EMOTION: THE BODY'S REACTION TO YOUR MIND

Mind, in the way I use the word, is not just thought. It includes your emotions as well as all unconscious mental-emotional reactive patterns. Emotion arises at the place where mind and body meet. It is the body's reaction to your mind — or you might say a reflection of your mind in the body.

The more you are identified with your thinking, your likes and dislikes, judgments and interpretations, which is to say the less present you are as the watching consciousness, the stronger the emotional energy charge will be, whether you are aware of it or not. If you cannot feel your emotions, if you are cut off from them, you will eventually experience them on a purely physical level, as a physical problem or symptom.

IF YOU HAVE DIFFICULTY FEELING YOUR EMOTIONS, start by focusing attention on the inner energy field of your body. Feel the body from within. This will also put you in touch with your emotions.

If you really want to know your mind, the body will always give you a truthful reflection, so look at the emotion, or rather feel it in your body. If there is an apparent conflict between them, the thought will be the lie, the emotion will be the truth. Not the ultimate truth of who you are, but the relative truth of your state of mind at that time.

You may not yet be able to bring your unconscious mind activity into awareness as thoughts, but it will always be reflected in the body as an emotion, and of this you can become aware.

To watch an emotion in this way is basically the same as listening to or watching a thought, which I described earlier. The only difference is that, while a thought is in your head, an emotion has a strong physical component and so is primarily felt in the body. You can then allow the emotion to be there without being controlled by it. You no longer are the emotion; you are the watcher, the observing presence.

If you practice this, all that is unconscious in you will be brought into the light of consciousness.

MAKE IT A HABIT TO ASK YOURSELF: What's going on inside me at this moment? That question will point you in the right direction. But don't analyze, just watch. Focus your attention within. Feel the energy of the emotion.

If there is no emotion present, take your attention more deeply into the inner energy field of your body. It is the doorway into Being.

THE ORIGIN OF FEAR

The psychological condition of fear is divorced from any concrete and true immediate danger. It comes in many forms: unease, worry, anxiety, nervousness, tension, dread, phobia, and so on. This kind of psychological fear is always of something that might happen, not of something that is happening now. You are in the here and now, while your mind is in the future. This creates an anxiety gap. And if you are identified with your mind and have lost touch with the power and simplicity of the Now, that anxiety gap will be your constant companion. You can always cope with the present moment, but you cannot cope with something that is only a mind projection — you cannot cope with the future.

Moreover, as long as you are identified with your mind, the ego runs your life. Because of its phantom nature, and despite elaborate defense mechanisms, the ego is very vulnerable and insecure, and it sees itself as constantly under threat. This, by the way, is the case even if the ego is outwardly very confident. Now remember that an emotion is the body's reaction to your mind. What message is the body receiving continuously from the ego, the false, mind-made self? Danger, I am under threat. And what is the emotion generated by this continuous message? Fear, of course.

Fear seems to have many causes. Fear of loss, fear of failure, fear of being hurt, and so on, but ultimately all fear is the ego's fear of death, of annihilation. To the ego, death is always just around the corner. In this mind-identified state, fear of death affects every aspect of your life.

For example, even such a seemingly trivial and "normal" thing as the compulsive need to be right in an argument and make the other person wrong — defending the mental position with which you have identified — is due to the fear of death. If you identify with a mental position, then if you are wrong, your mind-based sense of self is seriously threatened with annihilation. So you as the ego cannot afford to be wrong. To be wrong is to die. Wars have been fought over this, and countless relationships have broken down.

Once you have disidentified from your mind, whether you are right or wrong makes no difference to your sense of self at all, so the forcefully compulsive and deeply unconscious need to be right, which is a form of violence, will no longer be there. You can state clearly and firmly how you feel or what you think, but there will be no aggressiveness or defensiveness about it. Your sense of self is then derived from a deeper and truer place within yourself, not from the mind.

WATCH OUT FOR ANY KIND OF DEFENSIVENESS within yourself. What are you defending? An illusory identity, an image in your mind, a fictitious entity. By making this pattern conscious, by witnessing it, you disidentify from it. In the light of your consciousness, the unconscious pattern will then quickly dissolve.

This is the end of all arguments and power games, which are so corrosive to relationships. Power over others is weakness disguised as strength. True power is within, and it is available to you now.

The mind always seeks to deny the Now and to escape from it. In other words, the more you are identified with your mind, the more you suffer. Or you may put it like this: The more you are able to honor and accept the Now, the more you are free of pain, of suffering — and free of the egoic mind.

If you no longer want to create pain for yourself and others, if you no longer want to add to the residue of past pain that still lives on in you, then don't create any more time, or at least no more than is necessary to deal with the practical aspects of your life. How to stop creating time?

REALIZE DEEPLY THAT THE PRESENT MOMENT is all you ever have. Make the Now the primary focus of your life.

Whereas before you dwelt in time and paid brief visits to the Now, have your dwelling place in the Now and pay brief visits to past and future when required to deal with the practical aspects of your life situation.

Always say "yes" to the present moment.

END THE DELUSION OF TIME

Here is the key: End the delusion of time. Time and mind are inseparable. Remove time from the mind and it stops — unless you choose to use it.

To be identified with your mind is to be trapped in time: the compulsion to live almost exclusively through memory and anticipation. This creates an endless pre- occupation with past and future and an unwillingness to honor and acknowledge the present moment and allow it to be. The compulsion arises because the past gives you an identity and the future holds the promise of salvation, of fulfillment in whatever form. Both are illusions.

The more you are focused on time — past and future — the more you miss the Now, the most precious thing there is.

Why is it the most precious thing? Firstly, because it is the only thing. It's all there is. The eternal present is the space within which your whole life unfolds, the one factor that remains constant. Life is now. There was never a time when your life was not now, nor will there ever be.

Secondly, the Now is the only point that can take you beyond the limited confines of the mind. It is your only point of access into the timeless and formless realm of Being.

Have you ever experienced, done, thought, or felt anything outside the Now? Do you think you ever will? Is it possible for anything to happen or be outside the Now? The answer is obvious, is it not?

Nothing ever happened in the past; it happened in the Now. Nothing will ever happen in the future; it will happen in the Now.

The essence of what I am saying here cannot be understood

by the mind. The moment you grasp it, there is a shift in consciousness from mind to Being, from time to presence. Suddenly, everything feels alive, radiates energy, emanates Being.

CHAPTER THREE

ENTERING THE NOW

With the timeless dimension comes a different kind of knowing, one that does not "kill" the spirit that lives within every creature and every thing. A knowing that does not destroy the sacredness and mystery of life but contains a deep love and reverence for all that is. A knowing of which the mind knows nothing.

BREAK THE OLD PATTERN of present-moment denial and present-moment resistance. Make it your practice to withdraw attention from past and future whenever they are not needed. Step out of the time dimension as much as possible in everyday life.

If you find it hard to enter the Now directly, start by

observing the habitual tendency of your mind to want to escape from the Now. You will observe that the future is usually imagined as either better or worse than the present. If the imagined future is better, it gives you hope or pleasurable anticipation. If it is worse, it creates anxiety. Both are illusory.

Through self-observation, more presence comes into your life automatically. The moment you realize you are not present, you are present. Whenever you are able to observe your mind, you are no longer trapped in it. Another factor has come in, something that is not of the mind: the witnessing presence.

Be present as the watcher of your mind — of your thoughts and emotions as well as your reactions in various situations. Be at least as interested in your reactions as in the situation or person that causes you to react.

Notice also how often your attention is in the past or future. Don't judge or analyze what you observe. Watch the thought, feel the emotion, observe the reaction. Don't make a personal problem out of them. You will then feel something more powerful than any of those things that you observe: the still, observing presence itself behind the content of your mind, the silent watcher.

Intense presence is needed when certain situations trigger a reaction with a strong emotional charge, such as when your self-image is threatened, a challenge comes into your life that triggers fear, things "go wrong," or an emotional complex from the past is brought up. In those instances, the tendency is for you to become "unconscious." The reaction or emotion takes you over — you "become" it. You act it out. You justify, make wrong, attack, defend...except that it isn't you, it's the reactive pattern, the mind in its habitual survival mode.

Identification with the mind gives it more energy; observation of the mind withdraws energy from it. Identification with the mind creates more time; observation of the mind opens up the dimension of the timeless. The energy that is withdrawn from the mind turns into presence. Once you can feel what it means to be present, it becomes much easier to simply choose to step out of the time dimension whenever time is not needed for practical purposes and move more deeply into the Now.

This does not impair your ability to use time — past or future — when you need to refer to it for practical matters. Nor does it impair your ability to use your mind. In fact, it enhances it. When you do use your mind, it will be sharper, more focused. The enlightened person's main focus of attention is always the Now, but they are still peripherally aware of time. In other words, they continue to use clock time but are free of psychological time.

LETTING GO OF PSYCHOLOGICAL TIME

Learn to use time in the practical aspects of your life — we may call this "clock time" — but immediately return to present-moment awareness when those practical matters have been dealt with. In this way, there will be no buildup of "psychological time," which is identification with the past and continuous compulsive projection into the future.

If you set yourself a goal and work toward it, you are using clock time. You are aware of where you want to go, but you honor and give your fullest attention to the step that you are taking at this moment. If you then become excessively focused on the goal, perhaps because you are seeking happiness, fulfillment, or a more complete sense of self in it, the Now is no longer honored. It becomes reduced to a mere stepping-stone to the future, with no intrinsic value. Clock time then turns into psychological time. Your life's journey is no longer an adventure, just an obsessive need to arrive, to attain, to "make it." You no longer see or smell the flowers by the wayside either, nor are you aware of the beauty and the miracle of life that unfolds all around you when you are present in the Now.

Are you always trying to get somewhere other than where you are? Is most of your doing just a means to an end? Is fulfillment always just around the corner or confined to short-lived pleasures, such as sex, food, drink, drugs, or thrills and excitement? Are you always focused on becoming, achieving, and attaining, or alternatively chasing some new thrill or pleasure? Do you believe that if you acquire more things you will become more fulfilled, good enough, or psychologically complete? Are you waiting for a man or woman to give meaning to your life?

In the normal, mind-identified or unenlightened state of consciousness, the power and infinite creative potential that lie concealed in the Now are completely obscured by psychological time. Your life then loses its vibrancy, its freshness, its sense of wonder. The old patterns of thought, emotion, behavior, reaction, and desire are acted out in endless repeat performances, a script in your mind that gives you an identity of sorts but distorts or covers up the reality of the Now. The mind then creates an obsession with the future as an escape from the unsatisfactory present.

What you perceive as future is an intrinsic part of your state of consciousness now. If your mind carries a heavy burden of past, you will experience more of the same. The past perpetuates itself through lack of presence. The quality of your consciousness at this moment is what shapes the future — which, of course, can only be experienced as the Now.

If it is the quality of your consciousness at this moment that determines the future, then what is it that determines the quality of your consciousness? Your degree of presence. So the only place where true change can occur and where the past can be dissolved is the Now.

You may find it hard to recognize that time is the cause of your suffering or your problems. You believe that they are caused by specific situations in your life, and seen from a conventional viewpoint, this is true. But until you have dealt with the basic problem-making dysfunction of the mind — its attachment to past and future and denial of the Now — problems are actually interchangeable.

If all your problems or perceived causes of suffering or

unhappiness were miraculously removed for you today, but you had not become more present, more conscious, you would soon find yourself with a similar set of problems or causes of suffering, like a shadow that follows you wherever you go. Ultimately, there is only one problem: the time-bound mind itself.

There is no salvation in time. You cannot be free in the future.

PRESENCE IS THE KEY to freedom, so you can only be free now.

FINDING THE LIFE UNDERNEATH YOUR LIFE SITUATION

What you refer to as your "life" should more accurately be called your "life situation." It is psychological time: past and future. Certain things in the past didn't go the way you wanted them to go. You are still resisting what happened in the past, and now you are resisting what is. Hope is what keeps you going, but hope keeps you focused on the future, and this continued focus perpetuates your denial of the Now and therefore your unhappiness.

FORGET ABOUT YOUR LIFE SITUATION for a while and pay attention to your life.

Your life situation exists in time. Your life is now.

Your life situation is mind-stuff. Your life is real.

Find the "narrow gate that leads to life." It is called the Now. Narrow your life down to this moment. Your life situation may be full of problems — most life situations are — but find out if you have any problem at this moment. Not tomorrow or in ten minutes, but now. Do you have a problem now?

When you are full of problems, there is no room for anything new to enter, no room for a solution. So whenever you can, make some room, create some space, so that you find the life underneath your life situation.

USE YOUR SENSES FULLY. Be where you are. Look around.

Just look, don't interpret. See the light, shapes, colors, textures. Be aware of the silent presence of each thing. Be aware of the space that allows everything to be.

Listen to the sounds; don't judge them. Listen to the silence underneath the sounds.

Touch something — anything — and feel and acknowledge its Being.

Observe the rhythm of your breathing; feel the air flowing in and out, feel the life energy inside your body. Allow everything to be, within and without. Allow the "isness" of all things. Move deeply into the Now.

You are leaving behind the deadening world of mental abstraction, of time. You are getting out of the insane mind that is draining you of life energy, just as it is slowly poisoning and destroying the Earth. You are awakening out of the dream of time into the present.

ALL PROBLEMS ARE ILLUSIONS OF THE MIND

FOCUS YOUR ATTENTION ON THE NOW and tell me what problem you have at this moment.

I am not getting any answer because it is impossible to have a problem when your attention is fully in the Now. A situation needs to be either dealt with or accepted. Why make it into a problem?

The mind unconsciously loves problems because they give you an identity of sorts. This is normal, and it is insane. "Problem" means that you are dwelling on a situation mentally without there being a true intention or possibility of taking action now and that you are unconsciously making it part of your sense of self. You become so overwhelmed by your life situation that you lose your sense of life, of Being. Or you are carrying in your mind the insane burden of a hundred things that you will or may have to do in the future instead of focusing your attention on the one thing that you can do now.

WHEN YOU CREATE A PROBLEM, you create pain. All it takes is a simple choice, a simple decision: No matter what happens, I will create no more pain for myself. I will create no more problems.

Although it is a simple choice, it is also very radical. You won't make that choice unless you are truly fed up with suffering, unless you have truly had enough. And you won't be able to go through with it unless you access the power of the Now. If you create no more pain for yourself, then you create no more pain for others. You also no longer contaminate the beautiful Earth, your inner space, and the collective human psyche with the negativity of problem making.

Should a situation arise that you need to deal with now, your action will be clear and incisive if it arises out of present-moment awareness. It is also more likely to be effective. It will not be a reaction coming from the past conditioning of your mind but an intuitive response to the situation. In other instances, when the time-bound mind would have reacted, you will find it more effective to do nothing — just stay centered in the Now.

THE JOY OF BEING

To alert you that you have allowed yourself to be taken over by psychological time, you can use a simple criterion.

ASK YOURSELF: Is there joy, ease, and lightness in what I am doing? If there isn't, then time is covering up the present moment, and life is perceived as a burden or a struggle.

If there is no joy, ease, or lightness in what you are doing, it does not necessarily mean that you need to change what you are doing. It may be sufficient to change the how. "How" is always more important than "what." See if you can give much more attention to the doing than to the result that you want to achieve through it. Give your fullest attention to what- ever the moment presents. This implies that you also completely accept what is, because you cannot give your full attention to something and at the same time resist it.

As soon as you honor the present moment, all unhappiness and struggle dissolve, and life begins to flow with joy and ease. When you act out of present- moment awareness, whatever you do becomes imbued with a sense of quality, care, and love — even the most simple action.

DO NOT BE CONCERNED WITH THE FRUIT OF YOUR ACTION — just give attention to the action itself. The fruit will come of its own accord. This is a powerful spiritual practice.

When the compulsive striving away from the Now ceases, the joy of Being flows into everything you do. The moment your attention turns to the Now, you feel a presence, a stillness, a peace. You no longer depend on the future for fulfillment and satisfaction — you don't look to it for salvation. Therefore, you are not attached to the results. Neither failure nor success has the power to change your inner state of Being. You have found the life underneath your life situation.

In the absence of psychological time, your sense of self is derived from Being, not from your personal past. Therefore, the psychological need to become anything other than who you are already is no longer there. In the world, on the level of your life situation, you may indeed become wealthy, knowledgeable, successful, free of this or that, but in the deeper dimension of Being you are complete and whole now.

THE TIMELESS STATE OF CONSCIOUSNESS

When every cell of your body is so present that it feels vibrant with life, and when you can feel that life every moment as the joy of Being, then it can be said that you are free of time. To be free of time is to be free of the psychological need of the past for your identity and the future for your fulfillment. It represents the most profound transformation of consciousness that you can imagine.

WHEN YOU HAVE HAD YOUR FIRST FEW GLIMPSES OF THE TIMELESS STATE OF CONSCIOUSNESS, you begin to move back and forth between the dimensions of time and presence. First you become aware of just how rarely your attention is truly in the Now. But to know that you are not present is a great success: That knowing is presence — even if initially it only lasts for a couple of seconds of clock time before it is lost again.

Then, with increasing frequency, you choose to have the focus of your consciousness in the present moment rather than in the past or future, and whenever you realize that you had lost the Now, you are able to stay in it not just for a couple of seconds, but for longer periods as perceived from the external perspective of clock time.

So before you are firmly established in the state of presence, which is to say, before you are fully conscious, you shift back and forth for a while between consciousness and unconsciousness, between the state of presence and the state of mind identification. You lose the Now, and you return to it, again and again. Eventually, presence becomes your predominant state.

CHAPTER FOUR

DISSOLVING UNCONSCIOUSNESS

It is essential to bring more consciousness into your life in ordinary situations when everything is going relatively smoothly. In this way, you grow in presence power. It generates an energy field in you and around you of a high vibrational frequency. No unconsciousness, no negativity, no discord or violence can enter that field and survive, just as darkness cannot survive in the presence of light.

When you learn to be the witness of your thoughts and emotions, which is an essential part of being present, you may be surprised when you first become aware of the background "static" of ordinary unconsciousness and realize how rarely, if ever, you are truly at ease within yourself.

On the level of your thinking, you will find a great deal of resistance in the form of judgment, discontent, and mental projection away from the Now. On the emotional level, there will be an undercurrent of unease, tension, boredom, or nervousness. Both are aspects of the mind in its habitual resistance mode.

OBSERVE THE MANY WAYS IN WHICH UNEASE, discontent, and tension arise within you through unnecessary judgment, resistance to what is, and denial of the Now.

Anything unconscious dissolves when you shine the light of consciousness on it.

Once you know how to dissolve ordinary unconsciousness, the light of your presence will shine brightly, and it will be much easier to deal with deep unconsciousness whenever you feel its gravitational pull. However, ordinary unconsciousness may not be easy to detect initially because it is so normal.

MAKE IT A HABIT TO MONITOR YOUR MENTAL AND EMOTIONAL STATE through self-observation.

"Am I at ease at this moment?" is a good question to ask yourself frequently.

Or you can ask: "What's going on inside me at this moment?"

Be at least as interested in what goes on inside you as what happens outside. If you get the inside right, the outside will fall into place. Primary reality is within, secondary reality without.

BUT DON'T ANSWER THESE QUESTIONS IMMEDIATELY. Direct your attention inward. Have a look inside yourself.

What kind of thoughts is your mind producing?

What do you feel?

Direct your attention into the body. Is there any tension?

Once you detect that there is a low level of unease, the background static, see in what way you are avoiding, resisting, or denying life — by denying the Now.

There are many ways in which people unconsciously resist the present moment. With practice, your power of self-observation, of monitoring your inner state, will become sharpened.

WHEREVER YOU ARE, BE THERE TOTALLY

Are you stressed? Are you so busy getting to the future that the present is reduced to a means of getting there? Stress is caused by being "here" but wanting to be "there," or being in the present but wanting to be in the future. It's a split that tears you apart inside.

Does the past take up a great deal of your attention? Do you frequently talk and think about it, either positively or negatively? The great things that you have achieved, your adventures or experiences, or your victim story and the dreadful things that were done to you, or maybe what you did to someone else?

Are your thought processes creating guilt, pride, resentment, anger, regret, or self-pity? Then you are not only reinforcing a false sense of self but also helping to accelerate your body's aging process by creating an accumulation of past in your psyche. Verify this for yourself by observing those around you who have a strong tendency to hold on to the past.

DIE TO THE PAST EVERY MOMENT. You don't need it. Only refer to it when it is absolutely relevant to the present. Feel the power of this moment and the fullness of Being. Feel your presence.

Are you worried? Do you have many "what if" thoughts? You are identified with your mind, which is projecting itself into an imaginary future situation and creating fear. There is no way that you can cope with such a situation, because it doesn't exist. It's a mental phantom.

You can stop this health and life-corroding insanity simply by acknowledging the present moment.

BECOME AWARE OF YOUR BREATHING. Feel the air flowing in and out of your body. Feel your inner energy field. All that you ever have to deal with, cope with, in real life — as opposed to imaginary mind projections — is this moment.

Ask yourself what "problem" you have right now, not next year, tomorrow, or five minutes from now. What is wrong with this moment?

You can always cope with the Now, but you can never cope with the future — nor do you have to. The answer, the strength, the right action, or the resource will be there when you need it, not before, not after.

Are you a habitual "waiter"? How much of your life do you spend waiting? What I call "small-scale waiting" is waiting in line at the post office, in a traffic jam, at the airport, or waiting for someone to arrive, to finish work, and so on. "Large-scale waiting" is waiting for the next vacation, for a better job, for the children to grow up, for a truly meaningful relationship, for success, to make money, to be important, to become enlightened. It is not uncommon for people to spend their whole life waiting to start living.

Waiting is a state of mind. Basically, it means that you want the future; you don't want the present. You don't want what you've got, and you want what you haven't got. With every kind of waiting, you unconsciously create inner conflict between your here and now, where you don't want to be, and the projected future, where you want to be. This greatly reduces the quality of your life by making you lose the present.

For example, many people are waiting for prosperity. It cannot come in the future. When you honor, acknowledge, and fully accept your present reality — where you are, who you are, what you are doing right now — when you fully accept what you have got, you are grateful for what you have got, grateful for what is, grateful for Being. Gratitude for the present moment and the fullness of life now is true prosperity. It cannot come in the future. Then, in time, that prosperity manifests for you in various ways.

If you are dissatisfied with what you have got, or even frustrated or angry about your present lack, that may motivate you to become rich, but even if you do make millions, you will continue to experience the inner condition of lack, and deep down you will continue to feel unfulfilled. You may have many exciting experiences that money can buy, but they will come and go and always leave you with an empty feeling and the need for further physical or psychological gratification. You won't abide in Being and so feel the fullness of life now that alone is true prosperity.

GIVE UP WAITING AS A STATE OF MIND. When you catch yourself slipping into waiting . . . snap out of it. Come into the present moment. Just be, and enjoy being. If you are present, there is never any need for you to wait for anything.

So next time somebody says, "Sorry to have kept you waiting," you can reply, "That's all right, I wasn't waiting. I was just standing here enjoying myself — in joy in my self."

These are just a few of the habitual mind strategies for denying the present moment that are part of ordinary unconsciousness. They are easy to overlook because they are so much a part of normal living: the background static of perpetual discontent. But the more you practice monitoring your inner mental-emotional state, the easier it will be to know when you have been trapped in past or future, which is to say unconscious, and to awaken out of the dream of time into the present.

But beware: The false, unhappy self, based on mind identification, lives on time. It knows that the present moment is its own death and so feels very threatened by it. It will do all it can to take you out of it. It will try to keep you trapped in time.

In a sense, the state of presence could be compared to waiting. It is a qualitatively different kind of waiting, one that requires your total alertness. Something could happen at any moment, and if you are not absolutely awake, absolutely still, you will miss it. In that state, all your attention is in the Now. There is none left for day- dreaming, thinking, remembering, anticipating. There is no tension in it, no fear, just alert presence. You are present with your whole Being, with every cell of your body.

In that state, the "you" that has a past and a future, the personality if you like, is hardly there anymore. And yet nothing of value is lost. You are still essentially yourself. In fact, you are more fully yourself than you ever were before, or rather it is only now that you are truly yourself.

THE PAST CANNOT SURVIVE IN YOUR PRESENCE

Whatever you need to know about the unconscious past in you, the challenges of the present will bring it out. If you delve into the past, it will become a bottomless pit: There is always more. You may think that you need more time to understand the past or become free of it, in other words, that the future will eventually free you of the past. This is a delusion. Only the present can free you of the past. More time cannot free you of time.

Access the power of Now. That is the key. The power of Now is none other than the power of your presence, your consciousness liberated from thought forms. So deal with the past on the level of the present. The more attention you give to the past, the more you energize it, and the more likely you are to make a "self" out of it.

Don't misunderstand: Attention is essential, but not to the past as past. Give attention to the present; give attention to your behavior, to your reactions, moods, thoughts, emotions, fears, and desires as they occur in the present. There's the past in you. If you can be present enough to watch all those things, not critic

You cannot find yourself by going into the past. You find yourself by coming into the present.

CHAPTER FIVE

BEAUTY ARISES IN THE STILLNESS OF YOUR PRESENCE

Presence is needed to become aware of the beauty, the majesty, the sacredness of nature. Have you ever gazed up into the infinity of space on a clear night, awestruck by the absolute stillness and inconceivable vastness of it? Have you listened, truly listened, to the sound of a mountain stream in the forest? Or to the song of a blackbird at dusk on a quiet summer evening?

To become aware of such things, the mind needs to be still. You have to put down for a moment your personal baggage of problems, of past and future, as well as all your knowledge; otherwise, you will see but not see, hear but not hear. Your total presence is required.

BEYOND THE BEAUTY OF THE EXTERNAL FORMS, there is more here: something that cannot be named, something ineffable, some deep, inner, holy essence. Whenever and wherever there is beauty, this inner essence shines through somehow. It only reveals itself to you when you are present.

Could it be that this nameless essence and your presence are one and the same?

Would it be there without your presence? Go deeply into it. Find out for yourself.

REALIZING PURE CONSCIOUSNESS

Whenever you watch the mind, you withdraw consciousness from mind forms, which then becomes what we call the watcher or the witness. Consequently, the watcher — pure consciousness beyond form — becomes stronger, and the mental formations become weaker.

When we talk about watching the mind, we are personalizing an event that is truly of cosmic significance: Through you, consciousness is awakening out of its dream of identification with form and withdrawing from form. This foreshadows, but is already part of, an event that is probably still in the distant future as far as chronological time is concerned. The event is called — the end of the world.

TO STAY PRESENT IN EVERYDAY LIFE, it helps to be deeply rooted within yourself; otherwise, the mind, which has incredible momentum, will drag you along like a wild river.

It means to inhabit your body fully. To always have some of your attention in the inner energy field of your body. To feel the body from within, so to speak. Body awareness keeps you present. It anchors you in the Now.

The body that you can see and touch cannot take you into Being. But that visible and tangible body is only an outer shell, or rather a limited and distorted perception of a deeper reality. In your natural state of connectedness with Being, this deeper reality can be felt every moment as the invisible inner body, the animating presence within you. So to "inhabit the body" is to feel the body from within, to feel the life inside the body and thereby come to know that you are beyond the outer form.

You are cut off from Being as long as your mind takes up

all your attention. When this happens — and it happens continuously for most people — you are not in your body. The mind absorbs all your consciousness and transforms it into mind stuff. You cannot stop thinking.

To become conscious of Being, you need to reclaim consciousness from the mind. This is one of the most essential tasks on your spiritual journey. It will free vast amounts of consciousness that previously had been trapped in useless and compulsive thinking. A very effective way of doing this is simply to take the focus of your attention away from thinking and direct it into the body, where Being can be felt in the first instance as the invisible energy field that gives life to what you perceive as the physical body.

CONNECTING WITH THE INNER BODY

Please try it now. You may find it helpful to close your eyes for this practice. Later on, when "being in the body" has become natural and easy, this will no longer be necessary.

DIRECT YOUR ATTENTION INTO THE BODY. Feel it from

within. Is it alive? Is there life in your hands, arms, legs, and feet — in your abdomen, your chest?

Can you feel the subtle energy field that pervades the entire body and gives vibrant life to every organ and every cell? Can you feel it simultaneously in all parts of the body as a single field of energy?

Keep focusing on the feeling of your inner body for a few moments. Do not start to think about it. Feel it.

The more attention you give it, the clearer and stronger this feeling will become. It will feel as if every cell is becoming more alive, and if you have a strong visual sense, you may get an image of your body becoming luminous. Although such an image can help you temporarily, pay more attention to the feeling than to any image that may arise. An image, no matter how beautiful or powerful, is already defined in form, so there is less scope for penetrating more deeply.

GOING DEEPLY INTO THE BODY

To go even more deeply into the body, try the following meditation. Ten to fifteen minutes of clock time should be sufficient.

MAKE SURE FIRST THAT THERE ARE NO EXTERNAL DISTRACTIONS such as telephones or people who are likely to interrupt you. Sit on a chair, but don't lean back. Keep the spine erect. Doing so will help you to stay alert. Alternatively, choose your own favorite position for meditation.

Make sure the body is relaxed. Close your eyes. Take a few deep breaths. Feel yourself breathing into the lower abdomen, as it were. Observe how it expands and contracts slightly with each in and out breath.

Then become aware of the entire inner energy field of the body. Don't think about it — feel it. By doing this, you reclaim consciousness from the mind. If you find it helpful, use the "light" visualization I just described.

When you can feel the inner body clearly as a single field of energy, let go, if possible, of any visual image and focus exclusively on the feeling. If you can, also drop any mental image you may still have of the physical body. All that is left then is an all-encompassing sense of presence or "beingness," and the inner body is felt to be without a boundary.

Then take your attention even more deeply into that feeling. Become one with it. Merge with the energy field, so that there is no longer a perceived duality of the observer and the observed, of you and your body. The distinction between inner and outer also dissolves now, so there is no inner body anymore. By going deeply into the body, you have transcended the body.

Stay in this realm of pure Being for as long as feels comfortable; then become aware again of the physical body, your breathing and physical senses, and open your eyes. Look at your surroundings for a few minutes in a meditative way — that is, without labeling them mentally — and continue to feel the inner body as you do so.

Having access to that formless realm is truly liberating. It frees you from bondage to form and identification with form. We may call it the Unmanifested, the invisible Source of all things, the Being within all beings. It is a realm of deep stillness and peace, but also of joy and intense aliveness. Whenever you are present, you become "transparent" to some extent to the light, the pure consciousness that emanates from this Source. You also realize that the light is not separate from who you are but constitutes your very essence.

When your consciousness is directed outward, mind and world arise. When it is directed inward, it realizes its own Source and returns home into the Unmanifested.

Then, when your consciousness comes back to the manifested world, you reassume the form identity that you temporarily relinquished. You have a name, a past, a life situation, a future. But in one essential respect, you are not the same person you were before: You will have glimpsed a reality within yourself that is not "of this world," although it isn't separate from it, just as it isn't separate from you.

Now let your spiritual practice be this:

AS YOU GO ABOUT YOUR LIFE, don't give 100 percent of your attention to the external world and to your mind. Keep some within.

Feel the inner body even when engaged in everyday activities, especially when engaged in relationships or when you are relating with nature. Feel the stillness deep inside it. Keep the portal open.

It is quite possible to be conscious of the Unmanifested throughout your life. You feel it as a deep sense of peace somewhere in the background, a stillness that never leaves you, no matter what happens out here. You become a bridge between the Unmanifested and the manifested, between God and the world.

This is the state of connectedness with the Source that we call enlightenment.

HAVE DEEP ROOTS WITHIN

The key is to be in a state of permanent connectedness with your inner body — to feel it at all times. This will rapidly deepen and transform your life. The more consciousness you direct into the inner body, the higher its vibrational frequency becomes, much like a light that grows brighter as you turn up the dimmer switch and so increase the flow of electricity. At this higher energy level, negativity cannot affect you anymore, and you tend to attract new circumstances that reflect this higher frequency.

If you keep your attention in the body as much as possible, you will be anchored in the Now. You won't lose yourself in the external world, and you won't lose yourself in your mind. Thoughts and emotions, fears and desires may still be there to some extent, but they won't take you over.

PLEASE EXAMINE WHERE YOUR ATTENTION IS at this moment. You are listening to me, or you are reading these words in a book. That is the focus of your attention. You are also peripherally aware of your surroundings, other people, and so on. Furthermore, there may be some mind activity around what you are hearing or reading, some mental commentary.

Yet there is no need for any of this to absorb all your attention. See if you can be in touch with your inner body at the same time. Keep some of your attention within. Don't let it all flow out. Feel your whole body from within, as a single field of energy. It is almost as if you were listening or reading with your whole body. Let this be your practice in the days and weeks to come.

Do not give all your attention away to the mind and the

external world. By all means focus on what you are doing, but feel the inner body at the same time whenever possible. Stay rooted within. Then observe how this changes your state of consciousness and the quality of what you are doing.

Please don't just accept or reject what I am saying. Put it to the test.

STRENGTHENING THE IMMUNE SYSTEM

There is a simple but powerful self-healing meditation that you can do whenever you feel the need to boost your immune system. It is particularly effective if used when you feel the first symptoms of an illness, but it also works with illnesses that are already entrenched if you use it at frequent intervals and with an intense focus. It will also counteract any disruption of your energy field by some form of negativity.

It is not a substitute, however, for the moment-to-moment practice of being in the body; otherwise, its effect will only be temporary. Here it is.

WHEN YOU ARE UNOCCUPIED FOR A FEW MINUTES,

and especially last thing at night before falling asleep and first thing in the morning before getting up, "flood" your body with consciousness. Close your eyes. Lie flat on your back. Choose different parts of your body to focus your attention on briefly at first: hands, feet, arms, legs, abdomen, chest, head, and so on. Feel the life energy inside those parts as intensely as you can. Stay with each part for fifteen seconds or so.

Then let your attention run through the body like a wave a few times, from feet to head and back again. This need only take a minute or so. After that, feel the inner body in its totality, as a single field of energy. Hold that feeling for a few minutes.

Be intensely present during that time, present in every cell of your body.

Don't be concerned if the mind occasionally succeeds in drawing your attention out of the body and you lose yourself in some thought. As soon as you notice that this has happened, just return your attention to the inner body.

CREATIVE USE OF MIND

If you need to use your mind for a specific purpose, use it in conjunction with your inner body. Only if you are able to be conscious without thought can you use your mind creatively, and the easiest way to enter that state is through your body.

WHENEVER AN ANSWER, A SOLUTION, OR A CREATIVE IDEA IS NEEDED, stop thinking for a moment by focusing attention on your inner energy field. Become aware of the stillness.

When you resume thinking, it will be fresh and creative. In any thought activity, make it a habit to go back and forth every few minutes or so between thinking and an inner kind of listening, an inner stillness.

We could say: Don't just think with your head, think with your whole body.

LET THE BREATH TAKE YOU INTO THE BODY

If at any time you are finding it hard to get in touch with the inner body, it is usually easier to focus on your breathing first. Conscious breathing, which is a powerful meditation in its own right, will gradually put you in touch with the body.

FOLLOW THE BREATH WITH YOUR ATTENTION as it moves in and out of your body. Breathe into the body, and feel your abdomen expanding and contracting slightly with each inhalation and exhalation.

If you find it easy to visualize, close your eyes and see yourself surrounded by light or immersed in a luminous substance — a sea of consciousness. Then breathe in that light. Feel that luminous substance filling up your body and making it luminous also.

Then gradually focus more on the feeling. Don't get attached to any visual image. You are now in your body. You have accessed the power of Now.

PART TWO

RELATIONSHIP AS SPIRITUAL PRACTICE

Love is a state of Being.

Your love is not outside; it is deep within you.

You can never lose it, and it cannot leave you.

It is not dependent on some other body,

some external form.

CHAPTER SIX

DISSOLVING THE PAIN-BODY

The greater part of human pain is unnecessary. It is self-created as long as the unobserved mind runs your life. The pain that you create now is always some form of nonacceptance, some form of unconscious resistance to what is.

On the level of thought, the resistance is some form of judgment. On the emotional level, it is some form of negativity. The intensity of the pain depends on the degree of resistance to the present moment, and this in turn depends on how strongly you are identified with your mind. The mind always seeks to deny the Now and to escape from it.

In other words, the more you are identified with your mind, the more you suffer. Or you may put it like this: The more you are able to honor and accept the Now, the more you are free of pain, of suffering — and free of the egoic mind.

Some spiritual teachings state that all pain is ultimately an illusion, and this is true. The question is: Is it true for you? A mere belief doesn't make it true. Do you want to experience pain for the rest of your life and keep saying that it is an illusion? Does that free you from the pain? What we are concerned with here is how you can realize this truth — that is, make it real in your own experience.

Pain is inevitable as long as you are identified with your mind, which is to say as long as you are unconscious, spiritually speaking. I am talking here primarily of emotional pain, which is also the main cause of physical pain and physical disease. Resentment, hatred, self-pity, guilt, anger, depression, jealousy, and so on, even the slightest irritation, are all forms of pain. And every pleasure or emotional high contains within itself the seed of pain: its inseparable opposite, which will manifest in time.

Anybody who has ever taken drugs to get "high" will know that the high eventually turns into a low, that the pleasure turns into some form of pain. Many people also know from their own experience how easily and quickly an intimate relationship can turn from a source of pleasure to a source of pain. Seen from a higher perspective, both the negative and the positive polarities are faces of the same coin, are part of the underlying pain that is inseparable from the mind-identified egoic state of consciousness.

There are two levels to your pain: the pain that you create now, and the pain from the past that still lives on in your mind and body.

As long as you are unable to access the power of the Now, every emotional pain that you experience leaves behind a residue of pain that lives on in you. It merges with the pain from the past, which was already there, and becomes lodged in your mind and body. This, of course, includes the pain you suffered as a child, caused by the unconsciousness of the world into which you were born.

This accumulated pain is a negative energy field that occupies your body and mind. If you look on it as an invisible entity in its own right, you are getting quite close to the truth. It's the emotional pain-body.

The pain-body has two modes of being: dormant and active. It may be dormant 90 percent of the time; in a deeply unhappy person, though, it may be active up to 100 percent of the time. Some people live almost entirely through their pain-body, while others may experience it only in certain situations, such as intimate relationships, or situations linked with past loss or abandonment, physical or emotional hurt, and so on.

Anything can trigger it, particularly if it resonates with a pain pattern from your past. When it is ready to awaken from its dormant stage, even a thought or an innocent remark made by someone close to you can activate it.

BREAKING IDENTIFICATION
WITH THE PAIN-BODY

THE PAIN-BODY DOESN'T WANT YOU TO OBSERVE IT DIRECTLY and see it for what it is. The moment you observe the pain-body, feel its energy field within you, and take your attention into it, the identification is broken.

A higher dimension of consciousness has come in. I call it presence. You are now the witness or the watcher of the pain-body. This means that it cannot use you anymore by pretending to be you, and it can no longer replenish itself through you. You have found your own innermost strength.

Some pain-bodies are obnoxious but relatively harmless, for example, like a child who won't stop whining. Others are vicious and destructive monsters, true demons. Some are physically violent; many more are emotionally violent.

Some will attack people around you or close to you, while others may attack you, their host. Thoughts and feelings you have about your life then become deeply negative and self-destructive. Illnesses and accidents are often created in this way. Some pain-bodies drive their hosts to suicide.

When you thought you knew a person and then you are suddenly confronted with this alien, nasty creature for the first time, you are in for quite a shock. It is more important, however, to observe it in yourself than in someone else.

WATCH OUT FOR ANY SIGN OF UNHAPPINESS IN YOURSELF, in whatever form — it may be the awakening pain-body. This can take the form of irritation, impatience, a somber mood, a desire to hurt, anger, rage, depression, a need to have some drama in your relationship, and so on. Catch it the moment it awakens from its dormant state.

The pain-body wants to survive, just like every other entity in existence, and it can only survive if it gets you to unconsciously identify with it. It can then rise up, take you over, "become you," and live through you. It needs to get its "food" through you. It will feed on any experience that resonates with its own kind of energy, anything that creates further pain in whatever form: anger, destructiveness, hatred, grief, emotional drama, violence, and even illness. So the pain-body, when it has taken you over, will create a situation in your life that reflects back its own energy frequency for it to feed on. Pain can only feed on pain. Pain cannot feed on joy. It finds it quite indigestible.

Once the pain-body has taken you over, you want more pain. You become a victim or a perpetrator. You want to inflict pain, or you want to suffer pain, or both. There isn't really much difference between the two. You are not conscious of this, of course, and will vehemently claim that you do not want pain. But look closely and you will find that your thinking and behavior are designed to keep the pain going, for yourself and others. If you were truly conscious of it, the pattern would dissolve, for to want more pain is insanity, and nobody is consciously insane.

The pain-body, which is the dark shadow cast by the ego, is actually afraid of the light of your consciousness. It is afraid of being found out. Its survival depends on your unconscious identification with it, as well as on your unconscious fear of facing the pain that lives in you. But if you don't face it, if you don't bring the light of your consciousness into the pain, you will be forced to relive it again and again.

The pain-body may seem to you like a dangerous monster that you cannot bear to look at, but I assure you that it is an insubstantial phantom that cannot prevail against the power of your presence.

WHEN YOU BECOME THE WATCHER and start to disidentify, the pain-body will continue to operate for a while and will try to trick you into identifying with it again. Although you are no longer energizing it through your identification, it has a certain momentum, just like a spinning wheel that will keep turning for a while even when it is no longer being propelled. At this stage, it may also create physical aches and pains in different parts of the body, but they won't last.

Stay present, stay conscious. Be the ever-alert guardian of your inner space. You need to be present enough to be able to watch the pain-body directly and feel its energy. It then cannot control your thinking.

The moment your thinking is aligned with the energy field of the pain-body, you are identified with it and again feeding it with your thoughts. For example, if anger is the predominant energy vibration of the pain-body and you think angry thoughts, dwelling on what someone did to you or what you are going to do to him or her, then you have become unconscious, and the pain-body has become "you." Where there is anger, there is always pain underneath.

Or when a dark mood comes upon you and you start getting into a negative mind-pattern and thinking how dreadful your life is, your thinking has become aligned with the pain-body, and you have become unconscious and vulnerable to the pain-body's attack.

"Unconscious." the way that I use the word here, means to be identified with some mental or emotional pattern. It implies a complete absence of the watcher.

TRANSMUTING SUFFERING INTO CONSCIOUSNESS

Sustained conscious attention severs the link between the pain-body and your thought processes and brings about the process of transmutation. It is as if the pain becomes fuel for the flame of your consciousness, which then burns more brightly as a result.

This is the esoteric meaning of the ancient art of alchemy: the transmutation of base metal into gold, of suffering into consciousness. The split within is healed, and you become whole again. Your responsibility then is not to create further pain.

FOCUS ATTENTION ON THE FEELING INSIDE YOU.

Know that it is the pain-body. Accept that it is there. Don't think about it — don't let the feeling turn into thinking. Don't judge or analyze. Don't make an identity for yourself out of it. Stay present, and continue to be the observer of what is happening inside you.

Become aware not only of the emotional pain but also of "the one who observes," the silent watcher. This is the power of the Now, the power of your own conscious presence. Then see what happens.

EGO IDENTIFICATION WITH THE PAIN-BODY

The process that I have just described is profoundly powerful yet simple. It could be taught to a child, and hopefully one day it will be one of the first things children learn in school. Once you have understood the basic principle of being present as the watcher of what happens inside you — and you "understand" it by experiencing it — you have at your disposal the most potent transformational tool.

This is not to deny that you may encounter intense inner resistance to disidentifying from your pain. This will be the case particularly if you have lived closely identified with your emotional pain-body for most of your life and the whole or a large part of your sense of self is invested in it. What this means is that you have made an unhappy self out of your pain-body and believe that this mind-made fiction is who you are. In that case, unconscious fear of losing your identity will create strong resistance to any disidentification. In other words, you would rather be in pain — be the pain-body — than take a leap into the unknown and risk losing the familiar unhappy self.

OBSERVE THE RESISTANCE WITHIN YOURSELF. Observe the attachment to your pain. Be very alert. Observe the peculiar pleasure you derive from being unhappy. Observe the compulsion to talk or think about it. The resistance will cease if you make it conscious.

You can then take your attention into the pain-body, stay present as the witness, and so initiate its transmutation.

Only you can do this. Nobody can do it for you. But if you are fortunate enough to find someone who is intensely conscious, if you can be with them and join them in the state of presence, that can be helpful and will accelerate things. In this way, your own light will quickly grow stronger.

When a log that has only just started to burn is placed next to one that is burning fiercely, and after a while they are separated again, the first log will be burning with much greater intensity. After all, it is the same fire. To be such a fire is one of the functions of a spiritual teacher. Some therapists may also be able to fulfill that function, provided that they have gone beyond the level of mind and can create and sustain a state of intense conscious presence while they are working with you.

The first thing to remember is this: As long as you make an identity for yourself out of the pain, you can not become free of it. As long as part of your sense of self is invested in your emotional pain, you will unconsciously resist or sabotage every attempt that you make to heal that pain.

Why? Quite simply because you want to keep yourself intact, and the pain has become an essential part of you. This is an unconscious process, and the only way to overcome it is to make it conscious.

THE POWER OF YOUR PRESENCE

TO SUDDENLY SEE that you are or have been attached to your pain can be quite a shocking realization. The moment you realize this, you have broken the attachment.

The pain-body is an energy field, almost like an entity, that has become temporarily lodged in your inner space. It is life energy that has become trapped, energy that is no longer flowing.

Of course, the pain-body is there because of certain things that happened in the past. It is the living past in you, and if you identify with it, you identify with the past. A victim identity is the belief that the past is more powerful than the present, which is the opposite of the truth. It is the belief that other people and what they did to you are responsible for who you are now, for your emotional pain or your inability to be your true self.

The truth is that the only power there is, is contained within this moment: It is the power of your presence. Once you know that, you also realize that you are responsible for your inner space now — nobody else is — and that the past cannot prevail against the power of the Now.

Unconsciousness creates it; consciousness transmutes it into itself. St. Paul expressed this universal principle beautifully: "Everything is shown up by being exposed to the light, and whatever is exposed to the light itself becomes light."

Just as you cannot fight the darkness, you cannot fight the pain-body. Trying to do so would create inner conflict and thus further pain. Watching it is enough. Watching it implies accepting it as part of what is at that moment.

CHAPTER SEVEN

FROM ADDICTIVE TO ENLIGHTENED RELATIONSHIPS

LOVE/HATE RELATIONSHIPS

Unless and until you access the consciousness frequency of presence, all relationships, and particularly intimate relationships, are deeply flawed and ultimately dysfunctional. They may seem perfect for a while, such as when you are "in love," but invariably that apparent perfection gets disrupted as arguments, conflicts, dissatisfaction, and emotional or even physical violence occur with increasing frequency.

It seems that most "love relationships" become love/hate relationships before long. Love can then turn into savage attack, feelings of hostility, or complete withdrawal of affection at the flick of a switch. This is considered normal.

If in your relationships you experience both "love" and the opposite of love — attack, emotional violence, and so on — then it is likely that you are confusing ego attachment and addictive clinging with love. You can- not love your partner one moment and attack him or her the next. True love has no opposite. If your "love" has an opposite, then it is not love but a strong ego-need for a more complete and deeper sense of self, a need that the other person temporarily meets. It is the ego's substitute for salvation, and for a short time it almost does feel like salvation.

But there comes a point when your partner behaves in ways that fail to meet your needs, or rather those of your ego. The feelings of fear, pain, and lack that are an intrinsic part of egoic consciousness but had been covered up by the "love relationship" now resurface.

Just as with every other addiction, you are on a high when the drug is available, but invariably there comes a time when the drug no longer works for you.

When those painful feelings reappear, you feel them even more strongly than before, and what is more, you now perceive your partner as the cause of those feelings. This means that you project them outward and attack the other with all the savage violence that is part of your pain.

This attack may awaken the partner's own pain, and he or she may counter your attack. At this point, the ego is still unconsciously hoping that its attack or its attempts at manipulation will be sufficient punishment to induce your partner to change their behavior, so that it can use them again as a cover-up for your pain.

Every addiction arises from an unconscious refusal to face and move through your own pain. Every addiction starts with pain and ends with pain. Whatever the substance you are addicted to — alcohol, food, legal or illegal drugs, or a person — you are using something or somebody to cover up your pain.

That is why, after the initial euphoria has passed, there is so much unhappiness, so much pain in intimate relationships.

They do not cause pain and unhappiness. They bring out the pain and unhappiness that is already in you. Every addiction does that. Every addiction reaches a point where it does not work for you anymore, and then you feel the pain more intensely than ever.

This is one reason why most people are always trying to escape from the present moment and are seeking some kind of salvation in the future. The first thing that they might encounter if they focused their attention on the Now is their own pain, and this is what they fear. If they only knew how easy it is to access in the Now the power of presence that dissolves the past and its pain, the reality that dissolves the illusion. If they only knew how close they are to their own reality, how close to God.

Avoidance of relationships in an attempt to avoid pain is not the answer either. The pain is there anyway. Three failed relationships in as many years are more likely to force you into awakening than three years on a desert island or shut away in your room. But if you could bring intense presence into your aloneness, that would work for you too.

FROM ADDICTIVE TO
ENLIGHTENED RELATIONSHIPS

WHETHER YOU ARE LIVING ALONE OR WITH A PARTNER, this remains the key: being present and intensifying your presence by taking your attention ever more deeply into the Now.

For love to flourish, the light of your presence needs to be strong enough so that you no longer get taken over by the thinker or the pain-body and mistake them for who you are.

To know yourself as the Being underneath the thinker, the stillness underneath the mental noise, the love and joy underneath the pain, is freedom, salvation, enlightenment.

To disidentify from the pain-body is to bring presence into the pain and thus transmute it. To disidentify from thinking is to be the silent watcher of your thoughts and behavior, especially the repetitive patterns of your mind and the roles played by the ego.

If you stop investing it with "selfness," the mind loses its compulsive quality, which basically is the compulsion to judge, and so to resist what is, which creates conflict, drama, and new pain. In fact, the moment that judgment stops through acceptance of what is, you are free of the mind. You have made room for love, for joy, for peace.

FIRST YOU STOP JUDGING YOURSELF; then you stop judging your partner. The greatest catalyst for change in a relationship is complete acceptance of your partner as he or she is, without needing to judge or change them in any way.

That immediately takes you beyond ego. All mind games and all addictive clinging are then over. There are no victims and no perpetrators anymore, no accuser and accused.

This is also the end of all codependency, of being drawn into somebody else's unconscious pattern and thereby enabling it to continue. You will then either separate — in love — or move ever more deeply into the Now together, into Being. Can it be that simple? Yes, it is that simple.

Love is a state of Being. Your love is not outside; it is deep within you. You can never lose it, and it cannot leave you. It is not dependent on some other body, some external form.

IN THE STILLNESS OF YOUR PRESENCE, you can feel your own formless and timeless reality as the unmanifested life that animates your physical form. You can then feel the same life deep within every other human and every other creature.

You look beyond the veil of form and separation. This is the realization of oneness. This is love.

Although brief glimpses are possible, love cannot flourish unless you are permanently free of mind identification and your presence is intense enough to have dissolved the pain-body — or you can at least remain present as the watcher. The pain-body cannot then take you over and so become destructive of love.

RELATIONSHIPS AS SPIRITUAL PRACTICE

As humans have become increasingly identified with their mind, most relationships are not rooted in Being and so turn into a source of pain and become dominated by problems and conflict.

If relationships energize and magnify egoic mind patterns and activate the pain-body, as they do at this time, why not accept this fact rather than try to escape from it? Why not cooperate with it instead of avoiding relationships or continuing to pursue the phantom of an ideal partner as an answer to your problems or a means of feeling fulfilled?

With the acknowledgment and acceptance of the facts also comes a degree of freedom from them.

For example, when you know there is disharmony and you hold that "knowing," through your knowing a new factor has come in, and the disharmony cannot remain unchanged.

WHEN YOU KNOW YOU ARE NOT AT PEACE, your knowing creates a still space that surrounds your nonpeace in a loving and tender embrace and then transmutes your nonpeace into peace.

As far as inner transformation is concerned, there is nothing you can do about it. You can not transform yourself, and you certainly cannot transform your partner or anybody else. All you can do is create a space for transformation to happen, for grace and love to enter.

So whenever your relationship is not working, whenever it brings out the "madness" in you and in your partner, be glad. What was unconscious is being brought up to the light. It is an opportunity for salvation.

EVERY MOMENT, HOLD THE KNOWING OF THAT MOMENT, particularly of your inner state. If there is anger, know that there is anger. If there is jealousy, defensiveness, the urge to argue, the need to be right, an inner child demanding love and attention, or emotional pain of any kind — whatever it is, know the reality of that moment and hold the knowing.

The relationship then becomes your sadhana, your spiritual practice. If you observe unconscious behavior in your partner, hold it in the loving embrace of your knowing so that you won't react.

Unconsciousness and knowing cannot coexist for long — even if the knowing is only in the other person and not in the one who is acting out the unconsciousness. The energy form that lies behind hostility and attack finds the presence of love absolutely intolerable. If you react at all to your partner's unconciousness, you become unconscious yourself. But if you then remember to know your reaction, nothing is lost.

Never before have relationships been as problematic and conflict ridden as they are now. As you may have noticed, they are not here to make you happy or fulfilled. If you continue to pursue the goal of salvation through a relationship, you will be disillusioned again and again. But if you accept that the relationship is here to make you conscious instead of happy, then the relationship will offer you salvation, and you will be aligning yourself with the higher consciousness that wants to be born into this world.

For those who hold on to the old patterns, there will be increasing pain, violence, confusion, and madness.

How many people does it take to make your life into a spiritual practice? Never mind if your partner will not cooperate. Sanity — consciousness — can only come into this world through you. You do not need to wait for the world to become sane, or for somebody else to become conscious, before you can be enlightened. You may wait forever.

Do not accuse each other of being unconscious. The moment you start to argue, you have identified with a mental position and are now defending not only that position but also your sense of self. The ego is in charge. You have become unconscious. At times, it may be appropriate to point out certain aspects of your partner's behavior. If you are very alert, very present, you can do so without ego involvement — without blaming, accusing, or making the other wrong.

When your partner behaves unconsciously, relinquish all judgment. Judgment is either to confuse someone's unconscious behavior with who they are or to project your own unconsciousness onto another person and mistake that for who they are.

To relinquish judgment does not mean that you do not recognize dysfunction and unconsciousness when you see it. It means "being the knowing" rather than "being the reaction" and the judge. You will then either be totally free of reaction or you may react and still be the knowing, the space in which the reaction is watched and allowed to be. Instead of fighting the darkness, you bring in the light. Instead of reacting to delusion, you see the delusion yet at the same time look through it.

Being the knowing creates a clear space of loving presence that allows all things and all people to be as they are. No greater catalyst for transformation exists. If you practice this, your partner cannot stay with you and remain unconscious.

If you both agree that the relationship will be your spiritual practice, so much the better. You can then express your thoughts and feelings to each other as soon as they occur, or as soon as a reaction comes up, so that you do not create a time gap in which an unexpressed or unacknowledged emotion or grievance can fester and grow.

LEARN TO GIVE EXPRESSION to what you feel without blaming. Learn to listen to your partner in an open, nondefensive way.

Give your partner space for expressing himself or herself. Be present. Accusing, defending, attacking — all those patterns that are designed to strengthen or protect the ego or to get its needs met will then become redundant. Giving space to others — and to yourself — is vital. Love cannot flourish without it.

When you have removed the two factors that are destructive of relationships — when the pain-body has been transmuted and you are no longer identified with mind and mental positions — and if your partner has done the same, you will experience the bliss of the flowering of relationship. Instead of mirroring to each other your pain and your unconsciousness, instead of satisfying your mutual addictive ego needs, you will reflect back to each other the love that you feel deep within, the love that comes with the realization of your oneness with all that is.

This is the love that has no opposite.

If your partner is still identified with the mind and the pain-body while you are already free, this will rep- resent a major challenge — not to you but to your partner. It is not easy to live with an enlightened person, or rather it is so easy that the ego finds it extremely threatening.

Remember that the ego needs problems, conflict, and "enemies" to strengthen the sense of separateness on which its identity depends. The unenlightened partner's mind will be deeply frustrated because its fixed positions are not resisted, which means they will become shaky and weak, and there is even the "danger" that they may collapse altogether, resulting in loss of self.

The pain-body is demanding feedback and not getting it. The need for argument, drama, and conflict is not being met.

GIVE UP THE RELATIONSHIP WITH YOURSELF

Enlightened or not, you are either a man or a woman, so on the level of your form identity you are not complete. You are one-half of the whole. This incompleteness is felt as male-female attraction, the pull toward the opposite energy polarity, no matter how conscious you are. But in that state of inner connectedness, you feel this pull somewhere on the surface or periphery of your life.

This does not mean that you don't relate deeply to other people or to your partner. In fact, you can relate deeply only if you are conscious of Being. Coming from Being, you are able to focus beyond the veil of form. In Being, male and female are one. Your form may continue to have certain needs, but Being has none. It is already complete and whole. If those needs are met, that is beautiful, but whether or not they are met makes no difference to your deep inner state.

So it is perfectly possible for an enlightened person, if the need for the male or female polarity is not met, to feel a sense of lack or incompleteness on the outer level of his or her being, yet at the same time be totally complete, fulfilled, and at peace within.

If you cannot be at ease with yourself when you are alone, you will seek a relationship to cover up your unease. You can be sure that the unease will then reappear in some other form within the relationship, and you will probably hold your partner responsible for it.

ALL YOU REALLY NEED TO DO IS ACCEPT THIS MOMENT FULLY. You are then at ease in the here and now and at ease with yourself.

But do you need to have a relationship with yourself at all? Why can't you just be yourself? When you have a relationship with yourself, you have split yourself into two: "I" and "myself," subject and object. That mind-created duality is the root cause of all unnecessary complexity, of all problems and conflict in your life.

In the state of enlightenment, you are yourself — "you" and "yourself" merge into one. You do not judge yourself, you do not feel sorry for yourself, you are not proud of yourself, you do not love yourself, you do not hate yourself, and so on. The split caused by self-reflective consciousness is healed, its curse removed. There is no "self" that you need to protect, defend, or feed anymore.

When you are enlightened, there is one relationship that you no longer have: the relationship with yourself. Once you have given that up, all your other relationships will be love relationships.

PART THREE

ACCEPTANCE AND SURRENDER

When you surrender to what is

and so become fully present,

the past ceases to have any power.

The realm of Being, which had been obscured by

the mind, then opens up.

Suddenly, a great stillness arises within you,

an unfathomable sense of peace.

And within that peace, there is great joy.

And within that joy, there is love.

And at the innermost core, there is the sacred,

the immeasurable, That which cannot be named.

CHAPTER EIGHT

ACCEPTANCE OF THE NOW

IMPERMANENCE AND THE CYCLES OF LIFE

There are cycles of success, when things come to you and thrive, and cycles of failure, when they wither or disintegrate, and you have to let them go in order to make room for new things to arise, or for transformation to happen.

If you cling and resist at that point, it means you are refusing to go with the flow of life, and you will suffer. Dissolution is needed for new growth to happen. One cycle cannot exist without the other.

The down cycle is absolutely essential for spiritual realization. You must have failed deeply on some level or experienced some deep loss or pain to be drawn to the spiritual dimension. Or perhaps your very success became empty and meaningless and so turned out to be failure.

Failure lies concealed in every success, and success in every failure. In this world, which is to say on the level of form, everybody "fails" sooner or later, of course, and every achievement eventually comes to naught. All forms are impermanent.

You can still be active and enjoy manifesting and creating new forms and circumstances, but you won't be identified with them. You do not need them to give you a sense of self. They are not your life — only your life situation.

A cycle can last for anything from a few hours to a few years. There are large cycles and small cycles within these large ones. Many illnesses are created through fighting against the cycles of low energy, which are vital for regeneration. The compulsion to do, and the tendency to derive your sense of self-worth and identity from external factors such as achievement, is an inevitable illusion as long as you are identified with the mind.

This makes it hard or impossible for you to accept the low cycles and allow them to be. Thus, the intelligence of the organism may take over as a self-protective measure and create an illness in order to force you to stop, so that the necessary regeneration can take place.

As long as a condition is judged as "good" by your mind, whether it be a relationship, a possession, a social role, a place, or your physical body, the mind attaches itself to it and identifies with it. It makes you happy, makes you feel good about yourself, and it may become part of who you are or think you are.

But nothing lasts in this dimension where moth and rust consume. Either it ends or it changes, or it may undergo a polarity shift: The same condition that was good yesterday or last year has suddenly or gradually turned into bad. The same condition that made you happy then makes you unhappy. The prosperity of today becomes the empty consumerism of tomorrow. The happy wedding and honeymoon become the unhappy divorce or the unhappy coexistence.

Or a condition disappears, so its absence makes you unhappy. When a condition or situation that the mind has attached itself to and identified with changes or disappears, the mind cannot accept it. It will cling to the disappearing condition and resist the change. It is almost as if a limb were being torn off your body.

This means that your happiness and unhappiness are in fact one. Only the illusion of time separates them.

TO OFFER NO RESISTANCE TO LIFE is to be in a state of grace, ease, and lightness. This state is then no longer dependent upon things being in a certain way, good or bad.

It seems almost paradoxical, yet when your inner dependency on form is gone, the general conditions of your life, the outer forms, tend to improve greatly. Things, people, or conditions that you thought you needed for your happiness now come to you with no struggle or effort on your part, and you are free to enjoy and appreciate them — while they last.

All those things, of course, will still pass away, cycles will come and go, but with dependency gone there is no fear of loss anymore. Life flows with ease.

The happiness that is derived from some secondary source is never very deep. It is only a pale reflection of the joy of Being, the vibrant peace that you find within as you enter the state of nonresistance. Being takes you beyond the polar opposites of the mind and frees you from dependency on form. Even if everything were to collapse and crumble all around you, you would still feel a deep inner core of peace. You may not be happy, but you will be at peace.

USING AND RELINQUISHING NEGATIVITY

All inner resistance is experienced as negativity in one form or another. All negativity is resistance. In this context, the two words are almost synonymous.

Negativity ranges from irritation or impatience to fierce anger, from a depressed mood or sullen resentment to suicidal despair. Sometimes the resistance triggers the emotional pain-body, in which case even a minor situation may produce intense negativity, such as anger, depression, or deep grief.

The ego believes that through negativity it can manipulate reality and get what it wants. It believes that through it, it can attract a desirable condition or dissolve an undesirable one.

If "you" — the mind — did not believe that unhappiness works, why would you create it? The fact is, of course, that negativity does not work. Instead of attracting a desirable condition, it stops it from arising. Instead of dissolving an undesirable one, it keeps it in place. Its only "useful" function is that it strengthens the ego, and that is why the ego loves it.

Once you have identified with some form of negativity, you do not want to let go, and on a deeply unconscious level, you do not want positive change. It would threaten your identity as a depressed, angry, or hard-done-by person. You will then ignore, deny, or sabotage the positive in your life. This is a common phenomenon. It is also insane.

WATCH ANY PLANT OR ANIMAL AND LET IT TEACH YOU acceptance of what is, surrender to the Now.

Let it teach you Being.

Let it teach you integrity — which means to be one, to be yourself, to be real.

Let it teach you how to live and how to die, and how not to make living and dying into a problem.

Recurring negative emotions do sometimes contain a message, as do illnesses. But any changes that you make, whether they have to do with your work, your relationships, or your surroundings, are ultimately only cosmetic unless they arise out of a change in your level of consciousness. And as far as that is concerned, it can only mean one thing: becoming more present. When you have reached a certain degree of presence, you don't need negativity anymore to tell you what is needed in your life situation.

But as long as negativity is there, use it. Use it as a kind of signal that reminds you to be more present.

WHENEVER YOU FEEL NEGATIVITY ARISING WITHIN YOU, whether caused by an external factor, a thought, or even nothing in particular that you are aware of, look on it as a voice saying, "Attention. Here and Now. Wake up. Get out of your mind. Be present."

Even the slightest irritation is significant and needs to be acknowledged and looked at; otherwise, there will be a cumulative buildup of unobserved reactions.

AS AN ALTERNATIVE TO DROPPING A NEGATIVE REACTION, you can make it disappear by imagining yourself becoming transparent to the external cause of the reaction.

I recommend that you practice this with little, even trivial, things first. Let's say that you are sitting quietly at home. Suddenly, there is the penetrating sound of a car alarm from across the street. Irritation arises. What is the purpose of the irritation? None whatsoever. Why did you create it? You didn't. The mind did. It was totally automatic, totally unconscious.

Why did the mind create it? Because it holds the unconscious belief that its resistance, which you experience as negativity or unhappiness in some form, will somehow dissolve the undesirable condition. This, of course, is a delusion. The resistance that it creates, the irritation or anger in this case, is far more disturbing than the original cause that it is attempting to dissolve.

All this can be transformed into spiritual practice.

FEEL YOURSELF BECOMING TRANSPARENT, as it were, without the solidity of a material body. Now allow the noise, or whatever causes a negative reaction, to pass right through you. It is no longer hitting a solid "wall" inside you.

As I said, practice with little things first. The car alarm, the dog barking, the children screaming, the traffic jam. Instead of having a wall of resistance inside you that gets constantly and painfully hit by things that "should not be happening," let everything pass through you.

Somebody says something to you that is rude or designed to hurt. Instead of going into unconscious reaction and negativity, such as attack, defense, or withdrawal, you let it pass right through you. Offer no resistance. It is as if there is nobody there to get hurt anymore. That is forgiveness. In this way, you become invulnerable.

You can still tell that person that his or her behavior is unacceptable, if that is what you choose to do. But that person no longer has the power to control your inner state. You are then in your power — not in someone else's, nor are you run by your mind. Whether it is a car alarm, a rude person, a flood, an earthquake, or the loss of all your possessions, the resistance mechanism is the same.

You are still seeking outside, and you cannot get out of the seeking mode. Maybe the next workshop will have the answer, maybe that new technique. To you I would say:

DON'T LOOK FOR PEACE. Don't look for any other state than the one you are in now; other- wise, you will set up inner conflict and unconscious resistance.

Forgive yourself for not being at peace. The moment you completely accept your non-peace, your non-peace becomes transmuted into peace. Anything you accept fully will get you there, will take you into peace. This is the miracle of surrender.

When you accept what is, every moment is the best moment. That is enlightenment.

THE NATURE OF COMPASSION

HAVING GONE BEYOND THE MIND-MADE OPPOSITES, you become like a deep lake. The outer situation of your life, whatever happens there, is the surface of the lake. Sometimes calm, some- times windy and rough, according to the cycles and seasons. Deep down, however, the lake is always undisturbed. You are the whole lake, not just the surface, and you are in touch with your own depth, which remains absolutely still.

You don't resist change by mentally clinging to any situation. Your inner peace does not depend on it. You abide in Being — unchanging, timeless, deathless — and you are no longer dependent for fulfillment or happiness on the outer world of constantly fluctuating forms. You can enjoy them, play with them, create new forms, appreciate the beauty of it all. But there will be no need to attach yourself to any of it.

As long as you are unaware of Being, the reality of other humans will elude you, because you have not found your own. Your mind will like or dislike their form, which is not just their body but includes their mind as well. True relationship becomes possible only when there is an awareness of Being.

Coming from Being, you will perceive another person's body and mind as just a screen, as it were, behind which you can feel their true reality, as you feel yours. So, when confronted with someone else's suffering or unconscious behavior, you stay present and in touch with Being and are thus able to look beyond the form and feel the other person's radiant and pure Being through your own.

At the level of Being, all suffering is recognized as an illusion. Suffering is due to identification with form. Miracles of healing sometimes occur through this realization, by awakening Being-consciousness in others — if they are ready.

Compassion is the awareness of a deep bond between yourself and all creatures. Next time you say, "I have nothing in common with this person," remember that you have a great deal in common: A few years from now — two years or seventy years, it doesn't make much difference — both of you will have become rot- ting corpses, then piles of dust, then nothing at all. This is a sobering and humbling realization that leaves little room for pride.

Is this a negative thought? No, it is a fact. Why close your eyes to it? In that sense, there is total equality between you and every other creature.

ONE OF THE MOST POWERFUL SPIRITUAL PRACTICES is to meditate deeply on the mortality of physical forms, including your own. This is called: Die before you die.

Go into it deeply. Your physical form is dis- solving, is

no more. Then a moment comes when all mind-forms or thoughts also die. Yet you are still there — the divine presence that you are. Radiant, fully awake.

Nothing that was real ever died, only names, forms, and illusions.

At this deep level, compassion becomes healing in the widest sense. In that state, your healing influence is primarily based not on doing but on being. Everybody you come in contact with will be touched by your presence and affected by the peace that you emanate, whether they are conscious of it or not.

When you are fully present and people around you manifest unconscious behavior, you won't feel the need to react to it, so you don't give it any reality. Your peace is so vast and deep that anything that is not peace disappears into it as if it had never existed. This breaks the karmic cycle of action and reaction.

Animals, trees, flowers will feel your peace and respond to it. You teach through being, through demonstrating the peace of God.

You become the "light of the world," an emanation of pure

consciousness, and so you eliminate suffering on the level of cause. You eliminate unconsciousness from the world.

THE WISDOM OF SURRENDER

It is the quality of your consciousness at this moment that is the main determinant of what kind of future you will experience, so to surrender is the most important thing you can do to bring about positive change. Any action you take is secondary. No truly positive action can arise out of an unsurrendered state of consciousness.

To some people, surrender may have negative connotations, implying defeat, giving up, failing to rise to the challenges of life, becoming lethargic, and so on. True surrender, however, is something entirely different. It does not mean to passively put up with whatever situation you find yourself in and to do nothing about it. Nor does it mean to cease making plans or initiating positive action.

SURRENDER IS THE SIMPLE but profound wisdom of yielding to rather than opposing the flow of life. The only place where you can experience the flow of life is the Now, so to surrender is to accept the present moment unconditionally and without reservation.

It is to relinquish inner resistance to what is.

Inner resistance is to say "no" to what is, through mental judgment and emotional negativity. It becomes particularly pronounced when things "go wrong," which means that there is a gap between the demands or rigid expectations of your mind and what is. That is the pain gap.

If you have lived long enough, you will know that things "go wrong" quite often. It is precisely at those times that surrender needs to be practiced if you want to eliminate pain and sorrow from your life. Acceptance of what is immediately frees you from mind identification and thus reconnects you with Being. Resistance is the mind.

Surrender is a purely inner phenomenon. It does not mean that on the outer level you cannot take action and change the situation.

In fact, it is not the overall situation that you need to accept when you surrender, but just the tiny segment called the Now. For example, if you were stuck in the mud somewhere, you wouldn't say: "Okay, I resign myself to being stuck in the mud." Resignation is not surrender.

YOU DON'T NEED TO ACCEPT AN UNDESIRABLE OR
UNPLEASANT LIFE SITUATION. Nor do you need to deceive
yourself and say that there is nothing wrong with it. No. You
recognize fully that you want to get out of it. You then narrow
your attention down to the present moment without mentally
labeling it in any way.

This means that there is no judgment of the Now. Therefore,
there is no resistance, no emotional negativity. You accept the
"isness" of this moment.

Then you take action and do all that you can to get out of
the situation.

Such action I call positive action. It is far more effective
than negative action, which arises out of anger, despair, or
frustration. Until you achieve the desired result, you continue
to practice surrender by refraining from labeling the Now.

Let me give you a visual analogy to illustrate the point I am
making. You are walking along a path at night, surrounded
by a thick fog. But you have a powerful flashlight that cuts

through the fog and creates a narrow, clear space in front of you. The fog is your life situation, which includes past and future; the flashlight is your conscious presence; the clear space is the Now.

Non-surrender hardens your psychological form, the shell of the ego, and so creates a strong sense of separateness. The world around you and people in particular come to be perceived as threatening. The unconscious compulsion to destroy others through judgment arises, as does the need to compete and dominate. Even nature becomes your enemy and your perceptions and interpretations are governed by fear. The mental disease that we call paranoia is only a slightly more acute form of this normal but dysfunctional state of consciousness.

Not only your psychological form but also your physical form — your body — becomes hard and rigid through resistance. Tension arises in different parts of the body, and the body as a whole contracts. The free flow of life energy through the body, which is essential for its healthy functioning, is greatly restricted.

Bodywork and certain forms of physical therapy can be helpful in restoring this flow, but unless you practice surrender in your everyday life, those things can only give temporary symptom relief since the cause — the resistance pattern — has not been dissolved.

There is something within you that remains unaffected by the transient circumstances that make up your life situation, and only through surrender do you have access to it. It is your life, your very Being — which exists eternally in the timeless realm of the present.

IF YOU FIND YOUR LIFE SITUATION UNSATISFACTORY or even intolerable, it is only by surrendering first that you can break the unconscious resistance pattern that perpetuates that situation.

Surrender is perfectly compatible with taking action, initiating change or achieving goals. But in the surrendered state a totally different energy, a different quality, flows into your doing. Surrender reconnects you with the source-energy of Being, and if your doing is infused with Being, it becomes a joyful celebration of life energy that takes you more deeply into the Now.

Through nonresistance, the quality of your consciousness

and, therefore, the quality of whatever you are doing or creating is enhanced immeasurably. The results will then look after themselves and reflect that quality. We could call this "surrendered action."

IN THE STATE OF SURRENDER, you see very clearly what needs to be done, and you take action, doing one thing at a time and focusing on one thing at a time.

Learn from nature: See how everything gets accomplished and how the miracle of life unfolds without dissatisfaction or unhappiness.

That's why Jesus said: "Look at the lilies, how they grow; they neither toil nor spin."

IF YOUR OVERALL SITUATION IS UNSATISFACTORY or unpleasant, separate out this instant and surrender to what is. That's the flashlight cutting through the fog. Your state of consciousness then ceases to be controlled by external conditions. You are no longer coming from reaction and resistance.

Then look at the specifics of the situation. Ask yourself, "Is there anything I can do to change the situation, improve it, or remove myself from it?" If so, take appropriate action.

Focus not on the hundred things that you will or may have to do at some future time but on the one thing that you can do now. This doesn't mean you should not do any planning. It may well be that planning is the one thing you can do now. But make sure you don't keep running "mental movies" that continually project yourself into the future, and so lose the Now. Any action you take may not bear fruit immediately. Until it does — do not resist what is.

IF THERE IS NO ACTION YOU CAN TAKE, and you cannot remove yourself from the situation either, then use the situation to make you go more deeply into surrender, more deeply into the Now, more deeply into Being.

When you enter this timeless dimension of the present, change often comes about in strange ways without the need for a great deal of doing on your part. Life becomes helpful and cooperative. If inner factors such as fear, guilt, or inertia prevented you from taking action, they will dissolve in the light of your conscious presence.

Do not confuse surrender with an attitude of "I can't be bothered anymore" or "I just don't care anymore." If you look at it closely, you will find that such an attitude is tainted with negativity in the form of hidden resentment and so is not surrender at all but masked resistance.

As you surrender, direct your attention inward to check if there is any trace of resistance left inside you. Be very alert when you do so; otherwise, a pocket of resistance may continue to hide in some dark corner in the form of a thought or an unacknowledged emotion.

FROM MIND ENERGY TO SPIRITUAL ENERGY

START BY ACKNOWLEDGING THAT THERE IS RESISTANCE. Be there when it happens, when the resistance arises. Observe how your mind creates it, how it labels the situation, yourself, or others. Look at the thought process involved. Feel the energy of the emotion.

By witnessing the resistance, you will see that it serves

no purpose. By focusing all your attention on the Now, the unconscious resistance is made conscious, and that is the end of it.

You cannot be conscious and unhappy, conscious and in negativity. Negativity, unhappiness, or suffering in whatever form means that there is resistance, and resistance is always unconscious,

Would you choose unhappiness? If you did not choose it, how did it arise? What is its purpose? Who is keeping it alive?

Even if you are conscious of your unhappy feelings, the truth is that you are identified with them and keep the process alive through compulsive thinking. All that is unconscious. If you were conscious, that is to say totally present in the Now, all negativity would dissolve almost instantly. It could not survive in your presence. It can only survive in your absence.

Even the pain-body cannot survive for long in your presence. You keep your unhappiness alive by giving it time. That is its lifeblood. Remove time through intense present-moment awareness and it dies. But do you want it to die? Have you truly had enough? Who would you be without it?

Until you practice surrender, the spiritual dimension is

something you read about, talk about, get excited about, write books about, think about, believe in — or don't, as the case may be. It makes no difference.

NOT UNTIL YOU SURRENDER does the spiritual dimension become a living reality in your life.

When you do, the energy that you emanate and which then runs your life is of a much higher vibrational frequency than the mind energy that still runs our world.

Through surrender, spiritual energy comes into this world. It creates no suffering for yourself, for other humans, or any other life form on the planet.

SURRENDER IN PERSONAL RELATIONSHIPS

It is true that only an unconscious person will try to use or manipulate others, but it is equally true that only an unconscious person can be used and manipulated. If you resist or fight unconscious behavior in others, you become unconscious yourself.

But surrender doesn't mean that you allow yourself to be used by unconscious people. Not at all. It is perfectly possible to say "no" firmly and clearly to a person or to walk away from a situation and be in a state of complete inner nonresistance at the same time.

WHEN YOU SAY "NO" to a person or a situation, let it come not from reaction but from insight, from a clear realization of what is right or not right for you at that moment.

Let it be a nonreactive "no," a high-quality "no," a "no" that is free of all negativity and so creates no further suffering.

If you cannot surrender, take action immediately: Speak up or do something to bring about a change in the situation — or remove yourself from it. Take responsibility for your life.

Do not pollute your beautiful, radiant inner Being nor the Earth with negativity. Do not give unhappiness in any form whatsoever a dwelling place inside you.

IF YOU CANNOT TAKE ACTION — if you are in prison, for example — then you have two choices left: resistance or surrender. Bondage or inner freedom from external conditions. Suffering or inner peace.

Your relationships will be changed profoundly by surrender. If you can never accept what is, by implication you will not be able to accept anybody the way they are. You will judge, criticize, label, reject, or attempt to change people.

Furthermore, if you continuously make the Now into a means to an end in the future, you will also make every person you encounter or relate with into a means to an end. The relationship — the human being — is then of secondary importance to you, or of no importance at all. What you can get out of the relationship is primary — be it material gain, a sense of power, physical pleasure, or some form of ego gratification.

Let me illustrate how surrender can work in relationships.

WHEN YOU BECOME INVOLVED IN AN ARGUMENT or some conflict situation, perhaps with a partner or someone close to you, start by observing how defensive you become as your own position is attacked, or feel the force of your own aggression as you attack the other person's position.

Observe the attachment to your views and opinions. Feel the mental-emotional energy behind your need to be right and make the other person wrong. That's the energy of the egoic mind. You make it conscious by acknowledging it, by feeling it as fully as possible.

Then one day, in the middle of an argument, you will suddenly realize that you have a choice, and you may decide to drop your own reaction — just to see what happens. You surrender.

I don't mean dropping the reaction just verbally by saying "Okay, you are right," with a look on your face that says, "I am above all this childish unconsciousness." That's just displacing the resistance to another level, with the egoic mind still in charge, claiming superiority. I am speaking of letting go of the entire mental-emotional energy field inside you that was fighting for power.

The ego is cunning, so you have to be very alert, very present, and totally honest with yourself to see whether you have truly relinquished your identification with a mental position and so freed yourself from your mind.

IF YOU SUDDENLY FEEL VERY LIGHT, CLEAR, AND DEEPLY AT PEACE, that is an unmistakable sign that you have truly surrendered. Then observe what happens to the other person's mental position as you no longer energize it through resistance. When identification with mental positions is out of the way, true communication begins.

Nonresistance doesn't necessarily mean doing nothing. All it means is that any "doing" becomes nonreactive. Remember the deep wisdom underlying the practice of Eastern martial arts: don't resist the opponent's force. Yield to overcome.

Having said that, "doing nothing" when you are in a state of intense presence is a very powerful transformer and healer of situations and people.

It is radically different from inactivity in the ordinary state of consciousness, or rather unconsciousness, which stems from fear, inertia, or indecision. The real "doing nothing" implies inner nonresistance and intense alertness.

On the other hand, if action is required, you will no longer react from your conditioned mind, but you will respond to the situation out of your conscious presence. In that state, your mind is free of concepts, including the concept of nonviolence. So who can predict what you will do?

The ego believes that in your resistance lies your strength, whereas in truth resistance cuts you off from Being, the only place of true power. Resistance is weakness and fear masquerading as strength. What the ego sees as weakness is your Being in its purity, innocence, and power. What it sees as strength is weakness. So the ego exists in a continuous resistance-mode and plays counterfeit roles to cover up your "weakness," which in truth is your power.

Until there is surrender, unconscious role-playing constitutes a large part of human interaction. In surrender, you no longer need ego defenses and false masks. You become very simple, very real. "That's dangerous," says the ego. "You'll get hurt. You'll become vulnerable."

What the ego doesn't know, of course, is that only through the letting go of resistance, through becoming "vulnerable," can you discover your true and essential invulnerability.

CHAPTER NINE

TRANSFORMING ILLNESS AND SUFFERING

TRANSFORMING ILLNESS INTO ENLIGHTENMENT

Surrender is inner acceptance of what is without any

reservations. We are talking about your life — this instant — not the conditions or circumstances of your life, not what I call your life situation.

Illness is part of your life situation. As such, it has a past and a future. Past and future form an uninterrupted continuum, unless the redeeming power of the Now is activated through your conscious presence. As you know, underneath the various conditions that make up your life situation, which exists in time, there is something deeper, more essential: your Life, your very Being in the timeless Now.

As there are no problems in the Now, there is no illness either. The belief in a label that someone attaches to your condition keeps the condition in place, empowers it, and makes a seemingly solid reality out of a temporary imbalance. It gives it not only reality and solidity but also continuity in time that it did not have before.

BY FOCUSING ON THIS INSTANT and refraining from labeling it mentally, illness is reduced to one or several of these factors: physical pain, weakness, discomfort, or disability. That is what you surrender to — now. You do not surrender to the idea of "illness."

Allow the suffering to force you into the present moment,

into a state of intense conscious presence. Use it for enlightenment.

Surrender does not transform what is, at least not directly. Surrender transforms you. When you are transformed, your whole world is transformed, because the world is only a reflection.

Illness is not the problem. You are the problem — as long as the egoic mind is in control.

WHEN YOU ARE ILL OR DISABLED, do not feel that you have failed in some way, do not feel guilty. Do not blame life for treating you unfairly, but do not blame yourself either. All that is resistance.

If you have a major illness, use it for enlightenment. Anything "bad" that happens in your life — use it for enlightenment.

Withdraw time from the illness. Do not give it any past or future. Let it force you into intense present-moment awareness — and see what happens.

Become an alchemist. Transmute base metal into gold, suffering into consciousness, disaster into enlightenment.

Are you seriously ill and feeling angry now about what I have just said? Then that is a clear sign that the illness has become part of your sense of self and that you are now protecting your identity — as well as protecting the illness.

The condition that is labeled "illness" has nothing to do with who you truly are.

Whenever any kind of disaster strikes, or something goes seriously "wrong" — illness, disability, loss of home or fortune or of a socially defined identity, break-up of a close relationship, death or suffering of a loved one, or your own impending death — know that there is another side to it, that you are just one step away from something incredible: a complete alchemical transmutation of the base metal of pain and suffer- ing into gold. That one step is called surrender.

I do not mean to say that you will become happy in such a situation. You will not. But fear and pain will become transmuted into an inner peace and serenity that come from a very deep place — from the Unmanifested itself. It is "the peace of God, which passes all understanding." Compared to that, happiness is quite a shallow thing.

With this radiant peace comes the realization — not on the level of mind but within the depth of your Being — that you are indestructible, immortal. This is not a belief. It is absolute certainty that needs no external evidence or proof from some secondary source.

TRANSFORMING SUFFERING INTO PEACE

In certain extreme situations, it may still be impossible for you to accept the Now. But you always get a second chance at surrender.

YOUR FIRST CHANCE IS TO SURRENDER each moment to the reality of that moment. Knowing that what is cannot be undone — because it already is — you say yes to what is or accept what isn't.

Then you do what you have to do, whatever the situation requires.

If you abide in this state of acceptance, you create no more negativity, no more suffering, no more unhappiness. You then live in a state of nonresistance, a state of grace and lightness, free of struggle.

Whenever you are unable to do that, whenever you miss that chance — either because you are not generating enough conscious presence to prevent some habitual and unconscious resistance pattern from arising, or because the condition is so extreme as to be absolutely unacceptable to you — then you are creating some form of pain, some form of suffering.

It may look as if the situation is creating the suffering, but ultimately this is not so — your resistance is.

NOW HERE IS YOUR SECOND CHANCE AT SURRENDER: If you cannot accept what is outside, then accept what is inside. If you cannot accept the external condition, accept the internal condition.

This means: Do not resist the pain. Allow it to be there. Surrender to the grief, despair, fear, loneliness, or whatever form the suffering takes. Witness it without labeling it mentally. Embrace it.

Then see how the miracle of surrender transmutes deep suffering into deep peace. This is your crucifixion. Let it become your resurrection and ascension.

When your pain is deep, all talk of surrender will probably seem futile and meaningless anyway. When your pain is deep, you will likely have a strong urge to escape from it rather than surrender to it. You don't want to feel what you feel. What could be more normal? But there is no escape, no way out.

There are many pseudo escapes — work, drink, drugs, anger, projection, suppression, and so on — but they don't free you from the pain. Suffering does not diminish in intensity when you make it unconscious. When you deny emotional pain, everything you do or think as well as your relationships become contaminated with it. You broadcast it, so to speak, as the energy you emanate, and others will pick it up subliminally.

If they are unconscious, they may even feel compelled to attack or hurt you in some way, or you may hurt them in an unconscious projection of your pain.

You attract and manifest whatever corresponds to your inner state.

WHEN THERE IS NO WAY OUT, THERE IS STILL ALWAYS A WAY THROUGH. So don't turn away from the pain. Face it. Feel it fully. Feel it — don't think about it! Express it if necessary, but don't create a script in your mind around it. Give all your attention to the feeling, not to the person, event, or situation that seems to have caused it.

Don't let the mind use the pain to create a victim identity for yourself out of it. Feeling sorry for yourself and telling others your story will keep you stuck in suffering.

Since it is impossible to get away from the feeling, the only possibility of change is to move into it; otherwise, nothing will shift.

So give your complete attention to what you feel, and refrain from mentally labeling it. As you go into the feeling, be intensely alert.

At first, it may seem like a dark and terrifying place, and when the urge to turn away from it comes, observe it but don't act on it. Keep putting your attention on the pain, keep feeling the grief, the fear, the dread, the loneliness, whatever it is.

Stay alert, stay present — present with your whole Being, with every cell of your body. As you do so, you are bringing a light into this darkness. This is the flame of your consciousness.

At this stage, you don't need to be concerned with surrender anymore. It has happened already. How? Full attention is full acceptance, is surrender. By giving full attention, you use the power of the Now, which is the power of your presence.

No hidden pocket of resistance can survive in it. Presence removes time. Without time, no suffering, no negativity, can survive.

THE ACCEPTANCE OF SUFFERING is a journey into death. Facing deep pain, allowing it to be, taking your attention into it, is to enter death consciously. When you have died this death, you realize that there is no death — and there is nothing to fear. Only the ego dies.

Imagine a ray of sunlight that has forgotten it is an

inseparable part of the sun and deludes itself into believing it has to fight for survival and create and cling to an identity other than the sun. Would the death of this delusion not be incredibly liberating?

DO YOU WANT AN EASY DEATH? Would you rather die without pain, without agony? Then die to the past every moment, and let the light of your presence shine away the heavy, time- bound self you thought of as "you."

ENLIGHTENMENT THROUGH SUFFERING — THE WAY OF THE CROSS

The way of the cross is the old way to enlightenment, and until recently it was the only way. But don't dismiss it or underestimate its efficacy. It still works.

The way of the cross is a complete reversal. It means that the worst thing in your life, your cross, turns into the best thing that ever happened to you, by forcing you into surrender, into "death," forcing you to become as nothing, to become as God

— because God, too, is nothing.

Enlightenment through suffering — the way of the cross — means to be forced into the kingdom of heaven kicking and screaming. You finally surrender because you can't stand the pain anymore, but the pain could go on for a long time until this happens.

ENLIGHTENMENT CONSCIOUSLY CHOSEN means to relinquish your attachment to past and future and to make the Now the main focus of your life.

It means choosing to dwell in the state of presence rather than in time.

It means saying yes to what is.

You then don't need pain anymore.

How much more time do you think you will need before you are able to say, "I will create no more pain, no more suffering?" How much more pain do you need before you can make that choice?

If you think that you need more time, you will get more time — and more pain. Time and pain are inseparable.

THE POWER TO CHOOSE

Choice implies consciousness — a high degree of consciousness. Without it, you have no choice. Choice begins the moment you disidentify from the mind and its conditioned patterns, the moment you become present.

Until you reach that point, you are unconscious, spiritually speaking. This means that you are compelled to think, feel, and act in certain ways according to the conditioning of your mind.

Nobody chooses dysfunction, conflict, pain. Nobody chooses insanity. They happen because there is not enough presence in you to dissolve the past, not enough light to dispel the darkness. You are not fully here. You have not quite woken up yet. In the meantime, the conditioned mind is running your life.

Similarly, if you are one of the many people who have an issue with their parents, if you still harbor resentment about something they did or did not do, then you still believe that they had a choice — that they could have acted differently. It always looks as if people had a choice, but that is an illusion. As long as your mind with its conditioned patterns runs your life, as long as you are your mind, what choice do you have? None. You are not even there. The mind- identified state is severely dysfunctional. It is a form of insanity.

Almost everyone is suffering from this illness in varying degrees. The moment you realize this, there can be no more resentment. How can you resent someone's illness? The only appropriate response is compassion.

If you are run by your mind, although you have no choice you will still suffer the consequences of your unconsciousness, and you will create further suffering. You will bear the burden of fear, conflict, problems, and pain. The suffering thus created will eventually force you out of your unconscious state.

YOU CANNOT TRULY FORGIVE YOURSELF or others as long as you derive your sense of self from the past. Only through accessing the power of the Now, which is your own power, can there be true forgiveness. This renders the past powerless, and you realize deeply that nothing you ever did or that was ever done to you could touch even in the slightest the radiant essence of who you are.

When you surrender to what is and so become fully present, the past ceases to have any power. You do not need it anymore. Presence is the key. The Now is the key.

Since resistance is inseparable from the mind, relinquishment of resistance — surrender — is the end of the mind as your master, the impostor pretending to be "you," the false god. All judgment and all negativity dissolve.

The realm of Being, which had been obscured by the mind, then opens up.

Suddenly, a great stillness arises within you, an unfathomable sense of peace.

And within that peace, there is great joy.

And within that joy, there is love.

And at the innermost core, there is the sacred, the immeasurable, That which cannot be named.

붙잡지 않는 삶

PRACTICING THE POWER OF NOW

초판 1쇄 인쇄	2025년 05월 22일
초판 3쇄 발행	2025년 06월 10일

펴낸곳	스노우폭스북스
펴낸이	서진(여왕벌)
지은이	에크하르트 톨레
엮은이	서진
기획·계약	진저(박정아)
전략 지원	DK(김정현)
AI 홍보 전략	테드(이한음)
도서·마케팅 디자인	샤인(김완선)
퍼포먼스 바이럴	썸머(윤서하)
검색	형연(김형연)
영업	영신(이동진)
제작	해니(박범준)
종이	월드페이퍼
인쇄	남양문화사
주소	경기도 파주시 회동길 527, 스노우폭스북스 빌딩 3층
대표번호	031-927-9965
팩스	070-7589-0721
전자우편	edit@sfbooks.co.kr
출판신고	2015년 8월 7일 제406-2015-000159

ISBN 979-11-94966-00-5 03810

스노우폭스북스는 "이 책을 읽게 될 단 한 명의 독자만을 바라보고 책을 만듭니다."